新生活

灵心慧眼　照看大千

有 情 世 界 ， 生 机 无 限

傅一清

诗人、艺术家。出过作家出版社版《35次平川漫流》、台湾唐山出版社版《这感觉让我们活着升天》等诗集。举办过《无定形·家》《流水玄关》《物种起源？》等家居装置、公共艺术、交互装置展。游艺自喜，热爱生活，常忍不住要向生活扮个鬼脸。

万物有灵应识我

傅一清

新星出版社 NEW STAR PRESS

乘物以游心

——《新生活》图书系列总序

龚鹏程

天地之大德曰生，生生不已，自然机趣无限。但生活虽总能让人欣喜，日子过得久了，却也渐趋陈芜，一如水流着流着便淤堵了或涸污了。于是诗人不免感叹素衣已缁、清泉渐老，想着要回归旧山，重觅桃源。哲人则教育我们该自澄心源，以销物欲，让方塘再现云影天光。

享受生活，于是竟要转而去对付生活了。生活成了个问题，必须用生命去处理它。

处理的方法，总之不外乎格物致知。但格也有不同的路数：一种是物来则格知其理，渐至会通无碍，物我不扰，与天理忻合。另一种是面对各类物欲，皆能格去之，以显本心良知。

各位想必都知道这是朱子与王阳明的主张了。实际上，人们处理这个问题，说来说去，也不外此二路。人生在世，寒欲衣、饥欲食，到底是欲望令我们去就物攫物，还是物引发了我们的欲求，说也说不清楚。人只知道我们不能不依赖各种物，但我们又觉得被物牵引了、制约了，需要挣脱。若挣脱不开物欲，就只能化解，于是乃又有了上述各种化解之法。从理论认知上或修行冥观上努力。

无奈生活之困局似乎迄今未解，现代化之癌，甚且越来越令人忧虑。而那些想解决生活困局的人，却彼此吵了起来，喧聒不休，惹得我们更加烦扰。

那么，现在我们是否该另提倡一种生活态度?

生活不是要去对付的，生命是可欣赏的。物欲不可能消除，因为每个人都得穿衣吃饭。所以穿衣吃饭时，就当好好穿衣吃饭，于穿衣吃饭中见一花一世界。

乘物以游心！在与物相摩相荡、随感随应中，显出生命无穷的韵致、无数的可能性。

苦修、断欲、辟谷、冲冷水澡等一切以折磨肉体、枯淡性灵的办法均不必尝试了；一切以制造出某种思维去重新安排生活、调整秩序的做为，也可以简省了。乘物以往，心飞得更远，生活世界也就更辽阔、更滋润了。

目录

子夜清灯方有情／2

春脉弦（之一）／7
夏脉洪（之一）／33
秋脉毛（之一）／43
冬脉石（之一）／67

春脉弦（之二）／79
夏脉洪（之二）／107
秋脉毛（之二）／131
冬脉石（之二）／161

春脉弦（之三）／197
夏脉洪（之三）／237
秋脉毛（之三）／275
冬脉石（之三）／329

春脉弦（之四）／385

子夜清灯方有情

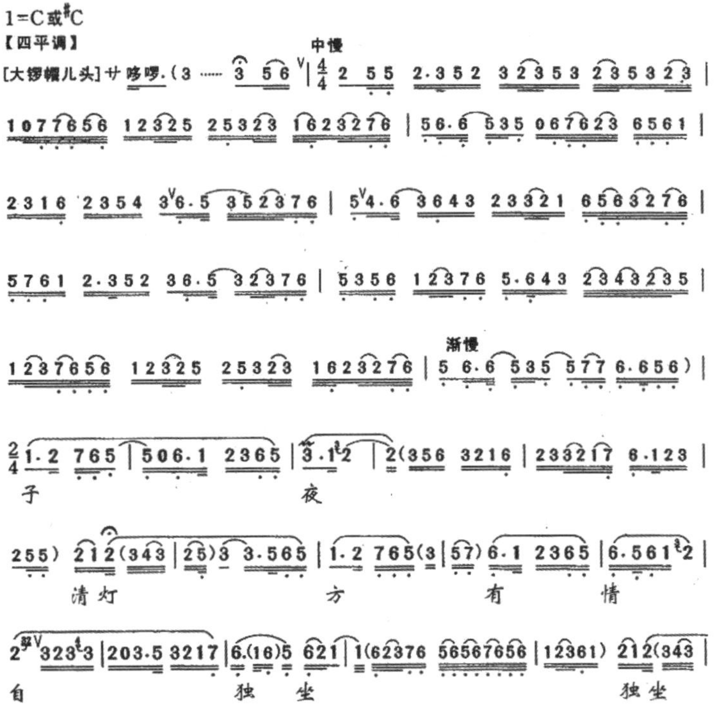

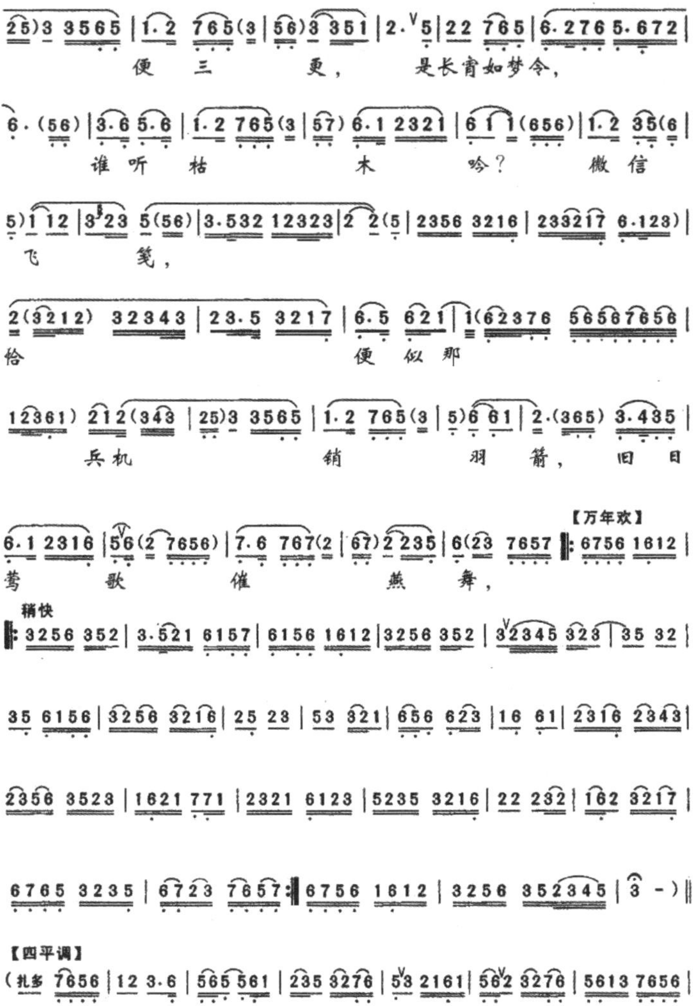
便三更，是长宵如梦令，
谁听枯木吟？檄信
飞笺，
恰便似那
兵机销羽箭，旧日
莺歌催燕舞，
【万年欢】
稍快
【四平调】
扎多

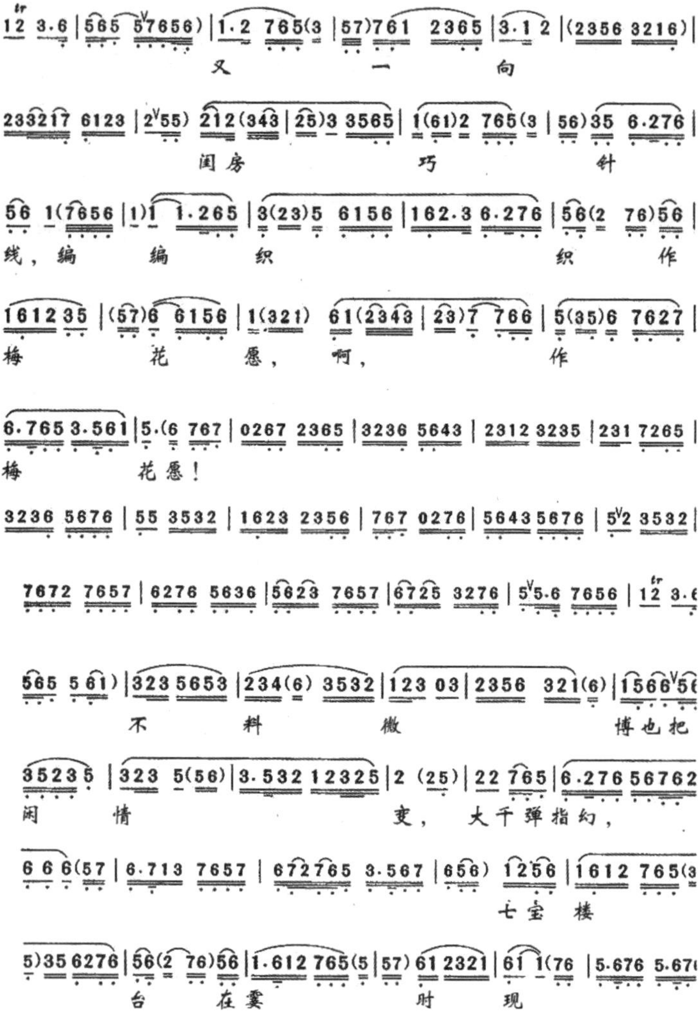
又一向
闺房巧针
线，编编织织作
梅花愿，啊，作
梅花愿！
不料微博也把
闲情变，大千弹指幻，
七宝楼
台在霎时现

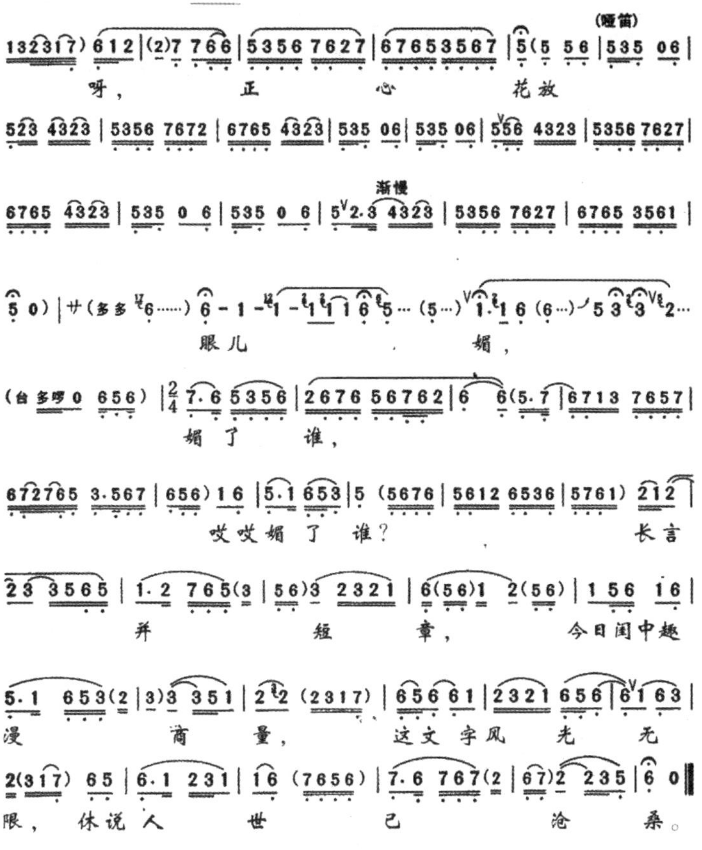

是为序

傅一清

2016年2月15日

春脉弦

（之一）

001 | *2013-3-20 09:30*

订做的放茶叶的小器皿，剔透平朴，望雪、饮茶、舌底鸣泉一般。

002 | 2013–3–20 09:55

上面是易经的几近失传的太卜之法，下面是诡谲灵异的塔罗，今天，要让它们对决在我的斗室。如此，才能安排好我的分裂。

003 | *2013–3–21 17:20*

我吃甜品时，会多出一个胃来。

004 | *2013-3-23 14:30*

生活这么多情，连风的抚摸，都像新娘。我像嚼五香豆一样嚼着绝句，测算着美妙的惊愕。

005 | *2013–3–27 15:02*

逃离了对婉约派的低级嫁接，到底过上了无爱一身轻的日子。一直天晴不行，不下雨就见不了彩虹。拼命奔跑以及华丽跌倒，然后被平静接管。不在状态成了我最正常的状态，幸福是个好主意。

006 | *2013-4-5 11:36*

《仲春的风物浮想之一》
玉米：逻辑的尽头是爱情。

007 | *2013-4-5 15:47*

《仲春的风物浮想之二》
香蕉：弯着腰，是个有能力又肯吃亏的人。

008 | *2013-4-5 15:54*

《仲春的风物浮想之三》
山核桃：钙化的宗教。

009 | *2013-4-5 15:56*

《仲春的风物浮想之四》
枣核：忽然中产。

010 | *2013-4-5 17:10*

我的《仲春风物浮想》只发了几条，朋友私信纷至沓来。多问我为何远有猪肉事件，近有禽流感病毒，我皆按下不表，不转不评，却在这里字斟句酌，推敲炼句。我如是作答：人心比世道更艰险。“长恨人心不如水，等闲平地起波澜。”桩桩件件的恶闻皆人心不平所致，炼句即炼心。

011 | *2013-4-5 22:29*

最近，我搬家至亮马河边，对着一条河流居住，光住也能住成李清照吧？

012 | *2013-4-15 09:47*

不明原因而屡遭美使馆拒签的我，为了完成今年八月的科罗拉多大峡谷14天漂流，今天中午12点将再一次站在签证官面前。无论如何，唯其如此，思之再三：我准备只和他或她——谈谈诗。我没有身份焦虑症，却有更大的问题，是美丽心灵综合症患者，与美国何其相似乃尔！

013 | *2013-4-15 13:43*

给签证官看了我的诗集，并心血来潮背诵了保罗.魏尔伦的诗：“如果你愿意，那么一起走。不愿意跟随，那我一个人走。”他的蓝眼睛就充满了人生如梦的味道，对我说：“这次你没问题了。”回到家里，我向2000年以来的中国文学默哀了两分钟之后，忽然觉得当我想以一个词表达神秘时，我想到了那双眼睛。

014 | 2013-4-21 10:19

《雅安之夜》：

夜里3点／是折磨句子的时间／此夜／此时／诗歌不再是雕琢／而是呕吐／地震是地狱的多动儿／只有用动才可以让自己静下来／这种肾上腺玩法／让人害怕得忘了哭／肚子饿的人／脑子特别清醒／呼为了吸，吸为了呼／亲情就是说说废话／生活倒回去才能解释／可还得活着向前／以存在／回答存在

015 | *2013-4-30 22:31*

唐僧
也是
制服诱惑。

016 | *2013-4-30 22:40*

如果一个人没有能力帮助他所爱的人，最好不要随便谈什么爱与不爱，当然，帮助不等于爱情，但爱情不能不包括帮助。（鲁迅）

017 | *2013-5-1 21:19*

散步亮马河畔，渐有廓然无圣之感。几个词挽清风徐来：随朝露、逐晚风、妙难量、万境闲、长空静。空气里有一股水香的味道，莫非天使本人来过了？

018 | *2013-5-2 10:46*

生活是个万花筒，花是花钱的花。它的旋转让人甚至不得不加快呼吸的速度。约了客户吃午饭，之前总要准备好几吨的话，才能在席间看它随风飘浮，迎娶订单。这让我对故事有了强烈的责任感。假如这次无功而返，我准备在公司颁布“罪己诏”，虽然这已经是第 N 次了。

019 | *2013-5-3 15:45*

每次当我从一碗酸辣粉中冷静下来，就不知道剩下的人生该怎么办。它解决了心情起飞的问题，却不能解决降落的问题。面红耳赤、胸有波澜，令人在创造和破坏的欲望中摇摆不定，它呈现矛盾，这点与艺术一样。酸辣粉多年来一直是我的精神支柱，众皆不解。看来感同身受是最难感同身受的一件事。

020 | *2013-5-5 13:55*

又做了几次热气球的飞行练习，驭风而行。朋友来电，告之我在天上。他问："感觉如何？"答："手气好，神舟也稳定。"开热气球比的是空中悬停的能力，可停在苹果树边摘苹果呢。现在，我开着它躲在了一片不会下雨的云下面。

021 | *2013–5–7 20:41*

我的油画习作《光映》。

022 | 2013–5–14 13:58

这部用来伤逝的电影没有一丝一毫的浪漫色彩，这是一个引人注目的、意味深长的特点。

023 | *2013-5-17 12:52*

前几天以色列总理和我住同一间酒店，用同一个按摩师。我问他给政要按摩有什么不同，他说：没什么，就是按的时候旁边站着四个保镖。

024 | *2013-5-20 21:17*

我的油画习作《花晤》。

025 | 2013-6-1 17:25

从清晨到日暮，在承泽园读元史。元朝皇帝不上朝、汉语很差。我素喜睡懒觉、外语不佳，那么，也许，我是游牧民族的后裔？自由吧，博爱吧，把糖扔进大海。

026 | 2013-6-4 22:40

我初中的男同学送我的他亲手做的十字绣，我惊呆了。

027 | *2013-6-8 11:17*

端午将至，买了棕叶回来，准备自制棕子送给亲朋。看康熙《大兴县志》，端午民间习俗有吃棕子、赛龙舟、饮雄黄酒、躲午、沐香汤、插菖蒲、戴艾蒿、贴天师符、斗百草、驱五毒、缠五色丝、挂长命缕、挂老虎索、佩香囊、吟诗等。我准备一一来过，享古韵悠然。

028 | 2013-6-8 23:55

搜古方，学茶染。耗时四小时，耗岩茶一公斤。把一条洁白无暇的川久保玲长裙活生生染成米黄色，知我者谓我『寻忧』，不知我者谓我何求

029 | *2013-6-10 06:42*

早。随浑善达克志愿者灭鼠队 55 队赴草原灭鼠。队旗、队徽、队长、队员。我听话，我上路。

030 | *2013-6-10 18:32*

晴好，蓝天吊着白云。灭鼠并非易事，有经验的向导挖到鼠洞，我们放上感应式电子灭鼠器，等老鼠晚上出洞。不过，一个长长的鼠洞只有一个老鼠，预计明早可捉鼠 3 只。明天是戊戌变法 115 周年，我要捉 115 只老鼠献礼的计划变成泡影，呜呼！

031 | *2013-6-12 16:45*

科学家说，世界上只有两种动物没有癌细胞：一、深海鲨鱼。二、大雁。今天特意买了几只大雁放在农家代养。还买了几枚大雁蛋回来，蛋的表面有油脂感，拿在手里像握住玉一样。据说当年慈禧每晚会用鸡蛋在脸上按摩美容，她怎么没想到用大雁蛋呢？

032 | *2013-6-14 21:45*

这两天都带着望远镜，有空的时候会登高望神十，未见。说明：一、我的视力越来越不好。二、目光越来越远大。

033 | *2013-6-17 22:01*

《盛夏风物浮想之一》.

夜柳：风在八卦着辽宁寺庙的一个女方丈，她穿了一双花花公子牌的运动鞋。

034 | *2013-6-17 22:06*

《盛夏风物浮想之二》.

黄瓜：绿色的萝卜，是柳如是乘舟访钱谦益于半野堂，着了男装。

035 | *2013-6-19 22:28*

把黄瓜捣碎，用矿泉水来泡，就是淡绿爽冽的黄瓜水，清心养津。喝着它，觉得北京的夜晚热得很有文化。

036 | *2013-6-20 12:33*

到诊所来补一个牙齿上的小洞洞，医生午饭，静候。对面是个溜冰场，一个小妹妹做着各种令人侧目的动作。冰场小飞女，还是别长大了，爱情太甜蜜，它会让你长蛀牙的。

夏脉洪（之一）

037 | 2013–6–26 16:31

感冒了。头晕、乏力。实施三步治疗法：

一、看这两天股市行情，出一身冷汗。
二、喝一碗辣椒水。
三、重新看自己的诗集。又冒汗了。

038 | 2013–7–22 18:39

盛夏。赏米芾字。这幅字的第四行从右到左，是书法上著名的音乐式『连笔』风格。清凉加身。『课虚无以责有，叩寂寞而求音。』

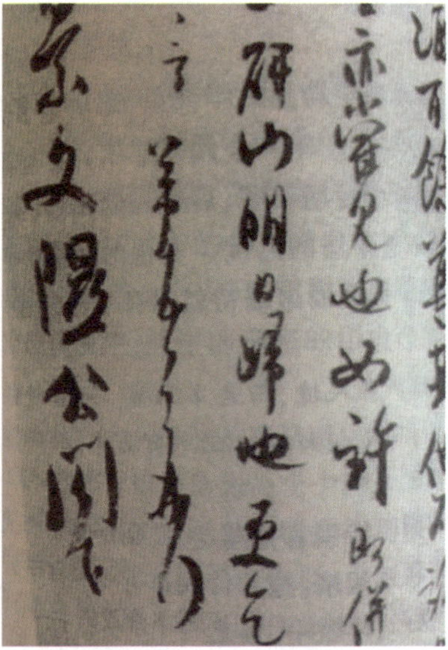

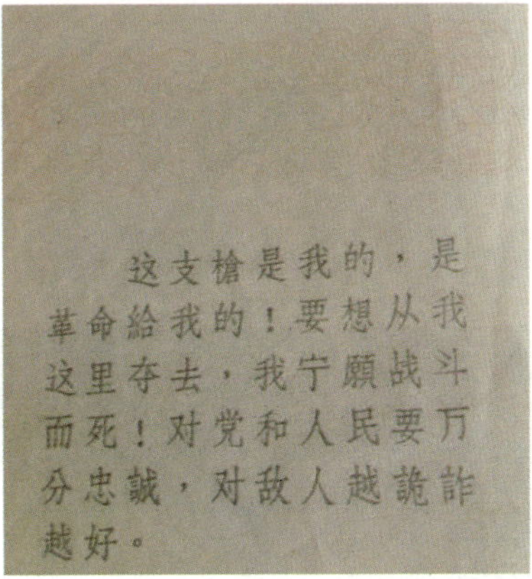

这支槍是我的，是革命給我的！要想从我这里夺去，我宁願战斗而死！对党和人民要万分忠誠，对敌人越詭詐越好。

039 | *2013–8–2 17:42*

即将赴美一个月，回父母家辞行。本想在中医老爸的书柜里翻看“百病一穴灵”之类的书，以备客途之用。不想竟有一本《雷锋日记》夹杂其中，我把这段话指给老爸看，他说：“刚好，你就用这段话以壮行色吧。”

040 | *2013-8-15 03:37*

我在直升机上俯瞰科罗拉多大峡谷，帅哥飞行员连续做出各种高难动作炫技。我迷眩在这狭小空间的雄性气息中，刚健、笃实、辉光。

041 | 2013-8-22 10:20

纽约的热风推送我在亨利·米勒故居前，他的《南回归线》和《北回归线》上的温度如何？

042 | *2013-8-31 13:29*

焦渴的云突然收紧放纵的步伐，不让胡马度金山的梦影，转眼成咒，一梦不起。

043 | 2013-9-14 17:25

这两年老妈总是耳鸣，久治难愈。今天中医老爸准备给她尝试新方：口含铁片，耳外放一磁铁，听五分钟，每日两次，连用二十天。我觉有趣，也试了一回，享受了一下古代的磁疗。

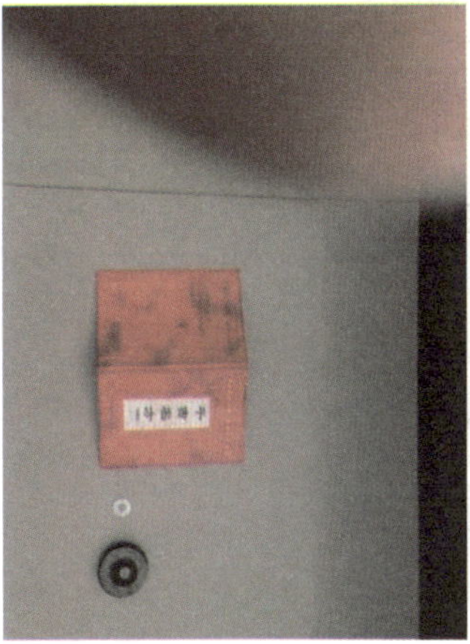

044 | 2013–9–17 13:41

一个人的下午茶，亲人般的田园风。玉一样坐在这里，这是石头修成了正果。

045 | 2013–9–17 16:06

自己设计的唱片台，今天来到了公司。设计师就是强迫自己享受生活的人。继续设计，我的灵感是一种病理性慷慨。

046 | 2013-9-21 23:17

昆斯的代表作《引入平庸》进入我的雀巢。画面的主角是一头猪，被天使牵引的猪进入了人间的艺术。甜美、无害。如果房间要装饰得温馨，就要陷入媚俗的沼泽。

秋

047 | *2013-9-22 21:03*

世界观就是你对事物联结方式的信仰。

048 | *2013-9-23 20:26*

戴着『舒伯特』指套，听舒伯特根据英国诗人瓦尔特·司各特的叙事长诗《湖上美人》谱写而成的《圣母颂》。我轻声呼唤圣母的名字，在秋天，就让我看见秋天。

049| *2013-9-23 17:11*

杭州小睡，一觉醒来，床似泊舟。秋天于我是山水一轴，卷放自如。

050 | *2013-9-26 17:04*

千岛湖畔，海鸥涂鸦。这种复调，为怜松竹引清风？

051 | *2013-9-28 14:15*

我工作室外面的小花园，像早晨一样清白。

052 | *2013-10-5 14:49*

秋重雾霾，再度拜会『冬皇』故居。风雨荡摩，她的腔调时时入我心怀。翻看当年的梨园英雄谱，孟小冬排在35位。排在其前的有梅尚程荀等各位宗师，谭富英、杨宝森等一派宗匠皆在其后，京剧排名前80人中，只有孟小冬一个女人。

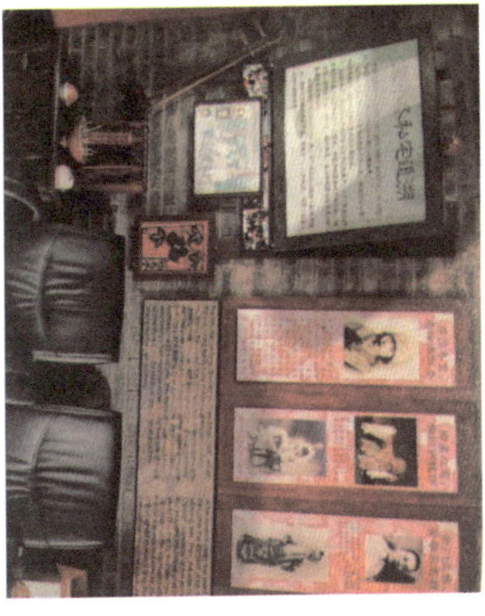

053 | *2013-10-9 22:48*

今晚欣赏了台湾的雅乐演出，春秋祭享乐及燕国乐。这首《卿云歌》后来成为民国时代的国歌。余音犹在——凉风有信——秋月无边——

054 | *2013-10-16 08:27*

听巴赫的b小调弥撒曲吃泡面会让人对诗歌产生创造性误读，而且容易把笑声钉在墙上。血液里的愉悦成全了二手寂寞，能把石头当做摇篮。居高声远，非借秋风。苹果再熟下去，就无枝可栖了，它用牙齿咬住了一朵花。

055 | *2013-10-22 06:44*

调配了几款养生茶：决明子荷叶茶、薄荷青果茶、枸杞桂圆茶、玫瑰薏米茶。它们像俳句一样静立，令我心安全似教堂。

056 | *2013-10-27 22:01*

新西兰的朋友你别再发照片给我了，等哪天北京雾霾散尽，晴空朗照，我们互发照片，权当共襄盛举可否？

我在这里：北京·月坛公园

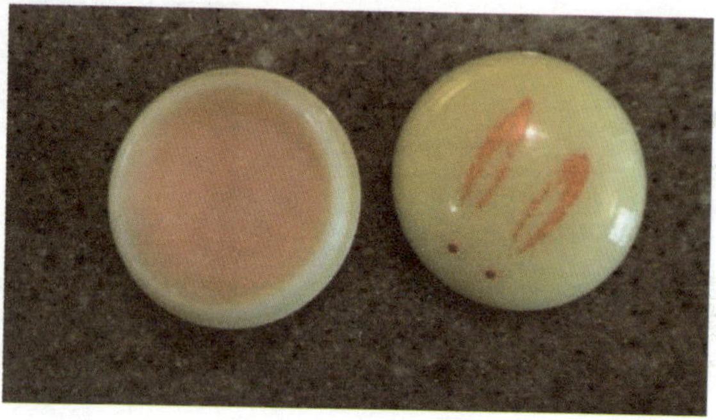

057 | *2013-11-2 12:34*

买到了日本艺妓专用的香膏，这种香型是有温度的

058 | *2013-11-3 05:29*

夜谈。一个在娱乐圈工作多年的女孩说，她在那本娱乐周刊最傲人的成就之一，就是有几次从名人那里传染到了感冒。

059 | 2013-11-2 12:34

菱角——你好是好，可惜你是两个人。

060 | *2013-11-6 00:15*

抚摸——手势性绘画，就怕没了画布。

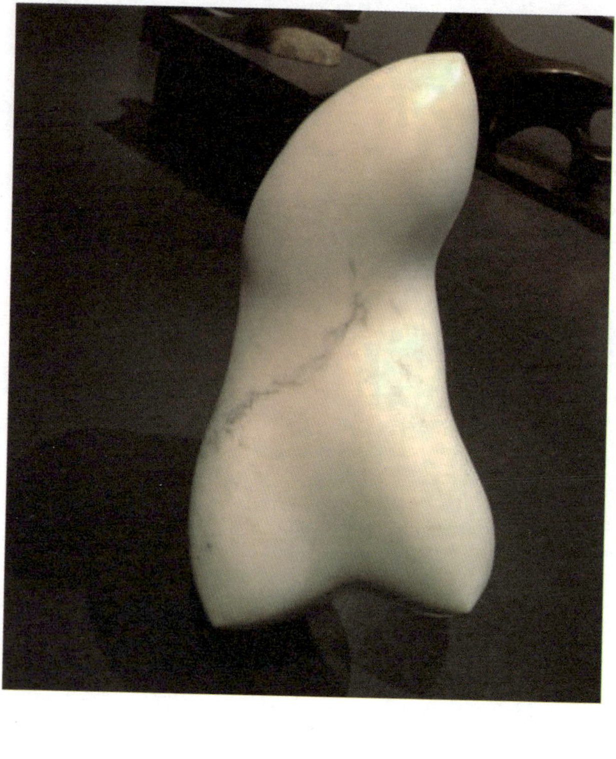

061 | *2013-11-11 11:35*

每天起床后喝一杯生姜茶，等一场火，在我的身上燎原。

062 | 2013–11–12 18:19

刚买回来的蝈蝈，让它摆弄那个胡萝卜上你的名字，这算不算人性化管理？

063 | 2013–11–13 21:21

在看《十竹斋笺谱》。这是十七世纪图版信笺。利用了精彩的『豆版』与『拱花』的工艺。是当时全世界最漂亮的笺谱。

064 | 2013–11–14 12:14

柿子摆进办公室，一种软实力。

065 | 2013-11-16 11:43

良玉不雕之里根说：政府不会解决什么问题，因为政府正是问题之所在。

066 | 2013-11-20 13:11

终于购得这款『赤霞橘光』古龙水。按说明书细细品味。前调：意大利血橙、西班牙苦橙、意大利柑桔。中调：埃及茉莉、南非天竺葵、马达加斯加黑胡椒。后调：巴西黑香豆、印尼檀香、德克萨斯雪松。丰富、纯沁、净澈。

067 | *2013-11-22 23:06*

公司加班，努力赚钱，直到可以包养我的祖国。

068 | *2013-11-26 13:33*

朋友从四川带回了这柄鱼藏剑，它藏在鱼的头骨里。百度了『鱼藏剑』，谓『勇绝之剑』。我披上象征性的斗蓬，在逐渐浓烈的冷峭中，携着它去觅食。

069 | 2013-11-27 17:39

风正紧，雾散尽。以致生活也稀薄了些。红酒开启，倾听德国微宇宙音乐。

花落燕未来，凭谁道艺术之后再之后？

070 | 2013-11-27 19:06

藕——工业社会正荡涤一切儿女情长。

071 | *2013-11-28 07:48*

晨读佛经也未能克制住蠢蠢欲动的购物欲，佛是莲卡佛的佛啊。

072 | *2013-11-28 12:37*

陀思妥耶夫斯基的《少年》上下册终于再版。细读。另：这本书的写作也是为了还赌债吗？他一个月写就的长篇小说是哪一本？写底层人物心理，中国大概只有路翎稍可比肩？

073 | *2013-11-29 17:08*

喜得珍品，笑得花枝招展。

074 | *2013-12-5 21:49*

再往前走，就是水泊梁山，也是断背山。

075 | *2013-12-10 21:34*

敷着面膜，听鹤田锦史。身体尚有小热，琵琶剧唱，赖你清浊。

076 | *2013-12-11 16:09*

裁云。索隐。

077 | *2013-12-13 00:24*

杜尚的作品《不完美的风景》，网络遍寻不见。

078 | *2013-12-16 10:30*

月球车在月夜如何睡觉？它会睡懒觉吗？也和我一样要用巴甫洛夫起床法吗？

079 | *2013-12-17 12:32*

今天是胡适的生日，我来吃“胡适一品锅”了。

080 | *2013-12-21 22:56*

电影史是什么？“是导演和他们的女朋友们的历史”。既然如此，就中国目前几位大导演的感情状态来看，他们的电影已与电影史无涉，当然与电影也呈风马牛之状。与其呼吁中国电影的……不如呼吁大导演们……复活节刚过，我的蛇蝎心肠又蠢蠢欲动啊。

冬脉石

（之一）

081 | *2013-12-22 10:09*

朔风清劲，黄酒暖心。

082 | *2014-1-1 08:50*

2014，风鹏正举！

083 | *2014-1-5 15:50*

一个方程式，两个变数。

084 | *2014-1-15 16:03*

经验的过剩与经验的不足都可导致无聊。二氧化碳的寿命是一百年，犹太人的鼻孔那么大，是因为空气不要钱。

085 | *2014-1-16 00:38*

冬夜试题：诗歌是杯中风暴吗？

086 | *2014-1-18 06:23*

月迷津渡，寻找义务。

087 | *2014-1-22 21:31*

左派就是喜欢把失败拿来庆功。

088 | *2014-1-23 19:03*

自己种的水仙长得气势生猛，
俨然“周天子式微，群雄并起”。

089 | *2014-1-24 11:49*

想起我的一句诗“抹着叛逆霜出了门”。

090 | *2014-1-27 15:09*

好兵帅克、阿甘、唐吉诃德都没有黑眼圈不配叫卡夫卡。

091 | *2014-1-28 21:45*

男人在意识到自己犯错之后，最常见的解决方法是将错就错。快过年了，罗兰巴特再度向同性提问：我们该如何毫不自得地谈论自己？

092 | *2014-1-28 21:45*

苏菲·玛索的眼神打开了一个个括号，看得人有时忘了合上。

093 | *2014-2-3 17:16*

你永远不会有足够的取之不竭的时间，但要点恰恰在这里，得反复地给时间自由，解放时间。

今、晚、睡、衣、派、对。

春脉弦

（之二）

094 | *2014-2-4 11:13*

这能做我的生日誓言吗？

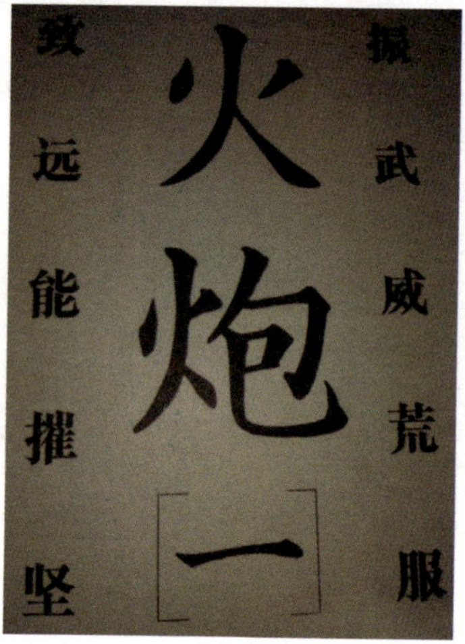

095 | *2014-2-8 07:41*

我的诗。

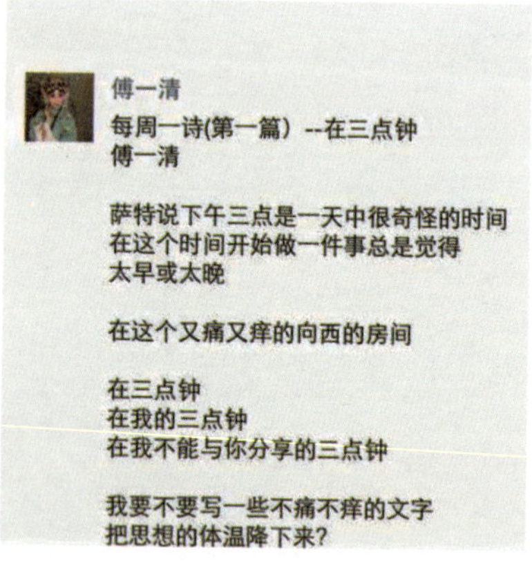
傅一清

每周一诗(第一篇）--在三点钟

傅一清

萨特说下午三点是一天中很奇怪的时间
在这个时间开始做一件事总是觉得
太早或太晚

在这个又痛又痒的向西的房间

在三点钟
在我的三点钟
在我不能与你分享的三点钟

我要不要写一些不痛不痒的文字
把思想的体温降下来?

096 | *2014-2-11 09:05*

离开或加倍。

097 | *2014-2-11 10:20*

基于能量守恒定律，我对所谓正能量始终警觉。德语中有一种说法是，你的一条腿用来站立，另一条腿就要用来玩耍。

098 | *2014-2-13 13:33*

暂时的深情能让我们说出暂时的永远吗？

099 | *2014-2-16 07:54*

刚问一个小朋友，今天我的微博写什么，他毫不思索，脱口而出：春天来了，燕子飞回来了。突然下了一场雨，柳树说：下吧下吧，我要发芽；桃花说：下吧下吧，我要开花。

100 | 2014-2-17 10:41

我的一句诗：自从明白了物质世界的问题要由物质来解决，我的祖国就不再为旧悲伤浪费新眼泪。

101 | *2014-2-20 10:18*

在高铁上，竟发现我的诗赫然成为报纸的标题。高铁，你的命和蒲公英一样，总要跑在风的前面，而且还得把理解之门擦得一尘不染。

102 | *2014-2-25 09:50*

这些天要把这本巨著读完，我想用这样的方式干涉春天、剥削自己。

103 | *2014–2–28 08:05*

妈妈、圣雄甘地与我谈感情：没有好的战争，没有坏的和平。

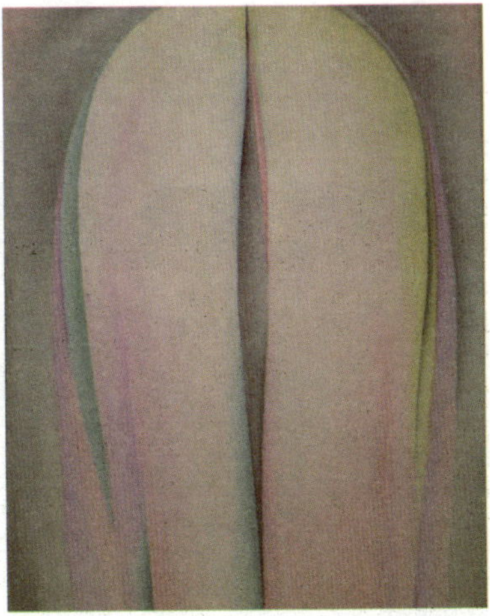

104 | *2014–3–1 09:49*

开通微博不久，有博友自远方来，乐莫乐兮新相知。乘兴开通微信，却觉乏味。辞句冗长不说，多为励志之语。少了些嬉笑怒骂，强喝些心灵鸡汤。微博，是水淋淋的浪子，长着一口白牙，它的青春都被青春虚度了，还笑着说“你好，无聊”。

105 | *2014-3-3 11:08*

只要涉及谁说了算的问题，就会有政治。

106 | *2014-3-9 12:26*

自己煲好的祖传的三日养颜亮肤饮，徐徐咽下。味之精微，口不能言也。看起书来，竟像看海一样自由。

107 | 2014-3-1 09:49

拉开窗帘，阳光扑楞楞晒进来，满室生金。赤足白裙，踩着光，曳地而行。这份爽利很像《徐霞客游记》开篇：“人意山光，俱有喜态”。揽镜自照，面目清明。魏晋风度是我的左括号，阿Q精神是我的右括号，两者之间便是我的“如风清单”。八点二十分，我要大吃大喝，然后再把阑干拍遍。

108 | 2014-3-13 05:02

中国是否该成立『信其有』协会？

109 | *2014-3-14 08:57*

给鸡蛋画眉两条，它有了解放性的美丽。

110 | *2014-3-9 12:26*

《仲春风物浮想之一》：

兰花／醉得东倒西歪／是没有章法的章法／像不加冕的强人

111 | *2014-3-16 10:08*

常在儿童城看玩具，千奇百怪，好玩。我的童年，鲜有玩具，玩的是空旷。

112 | *2014-3-17 03:39*

夜读《维特根斯坦笔记》，一下掉进智慧的容器，用它泡一杯泰国的香兰叶，秀骨清相。

113 | *2014-3-18 09:38*

狂吃辣三天，我的胃已六亲不认。它和我的关系要靠孙子兵法来维持。

114 | *2014-3-17 03:39*

昨晚听了侗族大歌，晨起有余音。为了准备我的跨界诗歌对谈系列，做三件事：

1. 重读欧洲诗歌经典。
2. 公司事务一律放在午餐时间，工作是阅读的间歇。
3. 实行每年一度的台湾美容医生推荐的14天不洗脸美容计划。三章立完，想到今早对一个词 *raw* 的三层分析：生猛、凄惶、隐忍。看窗外春色几许。

115 | *2014-3-20 09:16*

欧美的大学辩论有一种练习，辩手先选择一个立场，论辩一段时间后，交换正反立场，为刚刚被自己骂得狗血喷头的论点大声疾呼，据说这是做政客的基本素质。

116 | *2014-3-21 08:51*

定风波——清平乐——以他法修我佛，不以一朝风月昧却万古长空。变老的过程就是从热情到同情的过程，像我最近这样，每天过着如此正常的生活，有着如此正常的想法，难道还能写诗吗？

117 | *2014-3-23 11:29*

再读李斯《议废封建》："天下无异议，则安宁之术也"。这种文字像被暴雨洗过的北京，既激情又懒散，既真诚又冷漠。从现在开始，你必须 24 小时情绪饱满，用秦始皇的标准严格要求自己。这是你的意愿，你的天分，你的兴趣，这是一切的一切，但这又与一切无关。

118 | *2014-3-20 09:16*

东京骤冷。衣薄体寒。幸有旧雨新知谈今论古——这碗姜汤入我衷肠。友爱梯，接人下离恨天；慈悲筏，度人出无情海。走了正道，难免沧桑。依稀夜色，天雨流芳。推天道以明人事，此夜未央。

我在：日本 *Tokyo*

119 | *2014-3-29 08:36*

情，痴绝在彼此打破平静的深流里。拿什么去支付摆渡者？

我在：日本 Japan

120 | 2014-4-3 19:40

吉田兼好《徒然草》：『女人本性上都是很别扭的。她们万事都是刚愎自用，贪吃嘴馋，不懂道理。对于莫名其妙的事物极易产生兴趣，有些事情本来说出来也无妨，她却避而不答。有时使人觉得她老谋深算，智慧快胜过男人了，但她却不知不觉又将掩饰的事情抖落出来。不是率真，而是愚蠢，这就是女人。』

121 | *2014-4-6 11:42*

北京的晨钟暮鼓：读书像高台跳水，任我转身翻腾，都是为了落入快感的包围，转换性创造，开始想入非非的一天。

122 | *2014-4-8 11:16*

此时，车被堵在世界第九大奇迹西直门桥上，我喃喃自语，将词语在牙齿上实验一番。推不醒这座桥，就把它当做教堂，在它的身体里祷告吧。如果还是寸步难行，要不要在路边买辆单车，骑着回家？五分钟后，让我身体里那不是我的部分决定吧。

123 | *2014-4-9 08:32*

春燥，喉咙发干，少言。调配了尤加利精油+雪松精油+乳香精油，按摩喉部。法国人说："彼此沉默的时候，其实正有天使飞过。"驻守在意识与潜意识之间，隔空谁问："能婴儿乎？"

124 | *2014-4-10 09:33*

所谓经营不过就是在改变自己和改变对方之间拉锯。

125 | *2014-4-14 11:46*

择偶观就是世界观？

126 | 2014-4-15 00:50

听希尔德嘉的圣歌，虚室生白。我喜欢声音如其所是，可以让我想念我自己，产生绝地原力与瓦肯心灵术的对决，我无话可说而我正在说它。何谓缚？何谓解？的确一切皆可——只是要以"无"为基础。

127 | *2014-4-17 10:52*

两个小时才化好的戏妆，头勒得微痛，眼微酸，再摆就这样的姿势，想起一句戏词：回头皆幻景，对面知是谁？

128 | *2014-4-19 11:00*

我的油画习作《不知》。

129 | *2014-4-20 06:52*

奢侈的深度。

130 | *2014-4-24 06:52*

把一个网球劈开，在牛仔裤上敲击，可逼真地模拟出马蹄声来。

131 | *2014-4-25 10:46*

若能在没有黑暗处相遇。

132 | *2014-4-26 03:21*

审美自治。

133 | *2014-4-28 14:02*

身边没有一个长得像仙鹤的人。

134 | *2014–4–30 17:54*

刚搜索了一下“土法制原子弹”，就看到了“土法制啤酒”、“土法制盐酸”、“土法在家做烟雾弹”、“土法做春药”。我的科学梦正酣畅地从有限的无用走向无限的无用。

135 | *2014-5-22 03:51*

最近我的克制常常被人利用。我一再允许艰难不断地变形或再生。好在，命运自有时间表。顺着它走，才是跟它相处的最好方式。既然有些问题比炸弹更深层，既然虚幻的花园里面有真实的癞蛤蟆，那么，好吧，即便这不是我要的世界，我，依旧爱这世界——即使你比横肉还残暴。

136 | *2014-6-4 13:26*

怎样才能参与历史?

夏脉洪（之二）

137 | *2014-4-30 17:54*

看过脸、看过秤、看过余额，三省吾身之后，戴着自制的羽毛发饰，煮了红豆薏米水，再泡些黄芩茶，像一个过分的形式主义者一样，更智性，更情绪化。在这个阳光照得有几分后感性的早晨，家，是个没有时间的岛屿，我的肩被静水深流圆润。

138 | *2014-6-8 09:09*

自有而永有的。

139 | *2014-6-8 09:09*

自有而永有的。

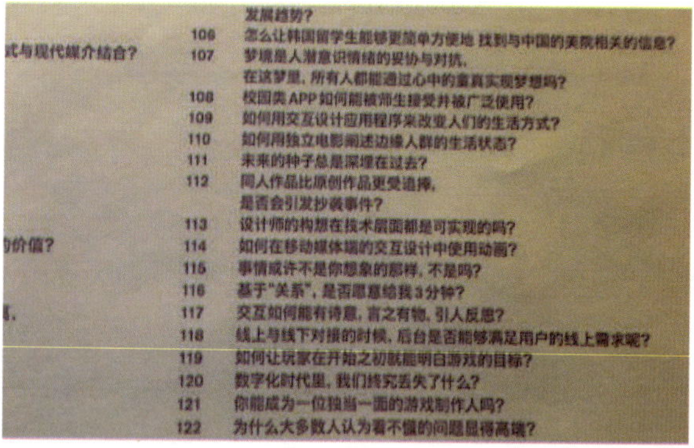

140 | *2014-6-12 21:44*

暑夜，恭王府聆古曲，香冷入瑶席，令人有山林之想。

141 | 2014-6-15 10:55

未来的沙漠。

142 | *2014-6-19 10:10*

近日汲汲，剪纸放松一下，想用琐碎来替代戏剧性。顺序正确，光阴就美好。

143 | *2014-6-20 12:29*

我工作室隔壁的老外又在开 party，他们每次都有不一样的主题，这次小海报上是猪头肉，主题会不会是“如何用猪鼻子闻到人生的滋味？”

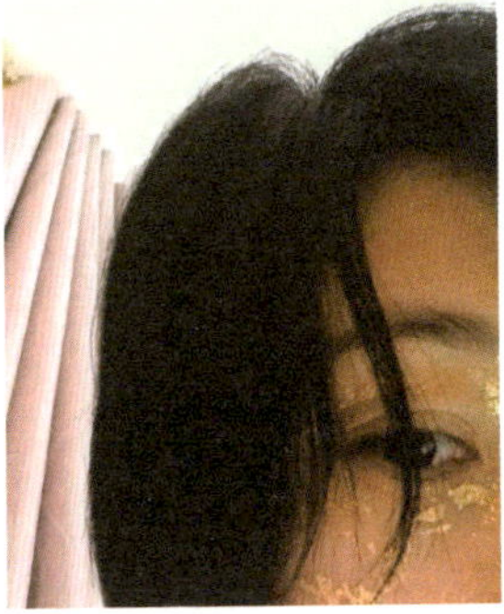

144 | *2014-6-22 22:18*

今天，我举起靶子便吸引来了弓箭，不过这种痛苦的总量刚刚好。为了庆祝这种非恒定性的娱乐，我在脸上贴满金箔，这样我看起来就是一个低调而金光闪闪的人。

145 | *2014-6-24 22:01*

仲夏繁华缀：我在黄昏中奏起胡琴，便可以恰到好处地融入云天。圆楼及其圆满，好风及其好人，清风及其清歌。

146 | *2014-6-25 09:19*

阳光威猛，墙上出现了这个很Q的图形，你是怎么进来的？你越是横冲直撞门就越宽吗？

147 | *2014-6-26 04:38*

我把爱因斯坦和梦露拼贴在一起，夜晚便充满了喜气，隐约中一股少年精神。

148 | *2014-6-28 09:11*

可持续性实验室。

149 | *2014-6-28 21:37*

我的小画《别看我，我也是刚到这里》。

150 | *2014-7-02 20:11*

娱乐即缠绕。

151 | *2014-7-02 23:46*

自制了维生素B灭蚊水，命名为“神的清吹”。

152 | *2014-7-3 07:01*

最近每晚会研究一种新的汤料，昨晚我配的“松茸淮山牛骨髓”经过整晚的慢炖，香飘四溢。喝着汤读尼采，长骨头、长钙。

153 | *2014-7-4 09:14*

立秋之前，我想静静地站在生活快速行进的反方向。

154 | *2014-7-06 12:05*

我和我自己同舟共济——经营两家公司令我可以看到多种生态切片，便携式地狱与本土式傲慢合并了同类项，我变成了我所有不是的一切。每次的商务谈话都需要很高的心理成本，惹怒了锁，就不会再为钥匙敞开胸怀。金钱和艺术家一样，专会揭伤疤，让你把自己看得肝肠寸断。（车堵长虹桥，迟到随想。）

155 | 2014-7-06 12:25

今天，我又了却了一段友情。这是近期的第几个了？为什么每一次都会给我带来淋漓的快感？每一次都会让我有决然的逸兴？朋友，是湖上轻烟，是云中飞鹤，是彼此任意情绪的享受者，否则，留它何用？看剑，上马，生别离，各向天涯！

156 | 2014-7-06 12:32

生活是一只有去无回的箭，像爱情一样常常下落不明。

157 | 2014-7-06 12:42

想做殒石猎人，听说世界上从事这个职业的有一万多人。寻找殒石然后出售，我觉得这是一种非常完整的生活手段。

158 | 2014-7-06 12:46

此时阳光似有还无。想起海德格尔论凡高的话：他的工作就是让太阳成为太阳。

159 | *2014-7-06 12:49*

傅立叶把人的情感区分为1620种固定的情感，萨德则将快感分类。对快感的分析会增加快感，所以应该尽可能地感受，尽可能地分析。历史归根结底是建立于人的身体上的。

160 | *2014-7-06 12:56*

这几天醒来都无梦，这是不是预示着我精神排卵的终结？

161 | *2014-7-10 11:23*

发现了用于手机的香袋，洞见物情，故愉愉然。

162 | *2014-7-11 20:49*

做好床幔，添几只蝴蝶，那么柔软的慈悲就在我的房间泛起了洪灾。

163 | *2014-7-11 20:54*

独居独行还独卧，有梦做。孤独不是一只鱼筐，而是鱼筐中的湖水放在了湖水中。

164 | *2014-7-11 20:57*

夏天，总以无周期非理性的面目出现。我想去那个把葡萄变成酒的地方，被甜蜜打劫。今夜的灯光很民主，把我汪洋成一条船，像大海的肋骨。

165 | *2014-7-11 21:00*

陷落在烂桔子一样的沙发里，喝着自己制作的洋葱酒，有一些轻盈的迷惑：白天，不随波逐流不容易，但是随波逐流也不容易。夜晚，水的伤口能被水缝上吗？不想。起身。吃饭。写诗的人总要胖点，要不怎么支撑文字？

166 | *2014-7-12 13:39*

吃着能增加水瓶座爱情动力的薄荷巧克力，研习了玫瑰浪漫指数导引法、宠物灵性占卜法、茶叶占卜爱情术、古埃及恋爱魔咒、火焰占卜照亮爱情路、北欧神秘符号指出爱情新路向、爱情来料占卜术，然后，用黄酒泡了阿胶和红枣，31号就能喝了，我就能向着32号夜晚飞去了。

167 | *2014-7-13 10:16*

感激一个人或讨厌一个人，身上都会发出味道。

168 | *2014-7-14 11:02*

每早坐人力车去喝早茶，车前铃铛声声随和风清扬，此等风调如此民国。无案牍之劳形，有佳肴以果腹。食甘味，寝安席，可惜知易行难。“长恨此身非己有，何日能不营营？”形逸而心劳久矣。成功是条贼船，我本佳人，奈何从贼？再喝一口状元及第粥，细想从头。

169 | *2014-7-15 00:22*

读柳田国男的《妖怪谈义》和小松和彦的《妖怪学的基础知识》，总结了几点吓人之处发给诸位：一、妖怪出现的地点是固定的，幽灵可以出现在任何地方，并可以长距离移动。二、妖怪可能在任何人面前出现，幽灵只在选定的人面前现身。三、妖怪任何时间都可能出现，而幽灵是在夜里12点半出现。现在，她快来了。我隐约看见一个幽灵在镜子前把自己的头拿下来放桌子上给自己梳头……我迎了过去。

170 | *2014-7-15 00:25*

“今夜我必须先得到你！”

171 | *2014-7-15 00:28*

露在外面的只有眼睛、嘴巴和三根头发。

172 | *2014-7-15 00:33*

忽然多出一阶的楼梯。

173 | *2014-7-15 00:45*

取下我一缕黑发，几口吃掉。

174 | *2014-7-15 00:48*

第一百支蜡烛已经熄灭。

175 | *2014–7–15 00:54*

再看几张《百鬼夜行图》。

176 | *2014–7–15 00:56*

看完电影《有鬼盗走玄象琵琶》就睡了吧。

177 | *2014–7–15 01:17*

扑通。

178 | *2014–7–15 12:55*

最近每天都戴这个头饰出门，希望借此远离一切目光，甚至友善的目光。

179 | 2014-7-20 09:21

窗外，阳光伤害着雾霾的梦想，杀得兴起。室内，我学做银饰，淬火、摆样。流水不腐的生活意念让我上穷碧落下黄泉地折腾自己，空有五技之多而无一技之长。可唯其如此，日子才不会像不新鲜的海鲜吧？不绝如缕的自我『转基因』工程，似水流年中劈生活的腿，令我之所有都充满了未来感。

180 | *2014-7-22 12:13*

“所有雪的名字所有盐的名字”。

181 | *2014-7-29 02:10*

两条路都是我唯一想走的路。

182 | *2014-7-29 02:34*

七月的背景，还是需要撞身取暖。

183 | *2014-7-29 02:35*

天边月，是害怕曝光的暴露狂。

184 | *2014-8-15 14:59*

这几天做了实验，命名为“向你致敬，商羯罗！”科学太重要了，不能只让科学家来完成。

185| *2014-8-15 15:00*

麻君汤：可做成饮料。成份：曼陀罗果和叶、丁香花干、欧茴香、荷兰芹、小豆蔻、竹黄、糖、黄油、面粉和奶油制成。只饮半杯就可让人产生狂喜、欢欣、飞翔的感觉。

186 | *2014-8-15 15:01*

酒神的葡萄酒：在葡萄酒中加入百里香、杜松子、胡椒、苦艾、月桂、爱神木。喝后洋洋自得，出现类偏执状态，略略站立不稳。

187 | *2014-8-15 15:03*

逍遥丸：丁香、麝香、龙涎香、藏红花、曼德拉草、肉豆蔻制成。服用后自我意识障碍和双重人格明显，对时间、空间产生错觉。

秋

188 | *2014–8–17 23:13*

《》

189 | *2014-8-17 23:15*

连看两部动作片，卡夫卡发现了纠缠，加缪发现了重复。

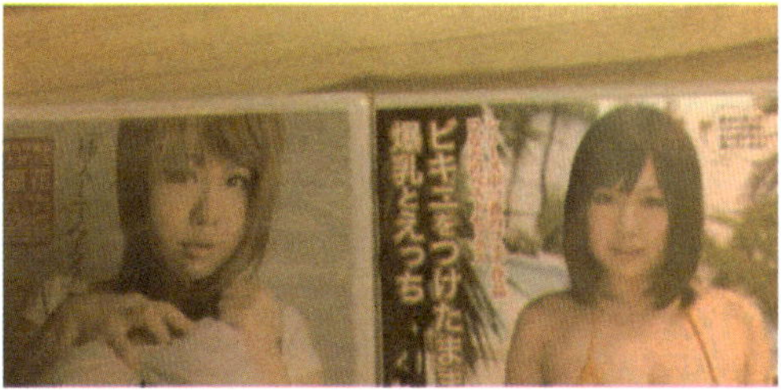

190 | *2014-9-01 12:11*

记者来访，命我在该报副刊推荐书，欣然推荐。

孙云利 译

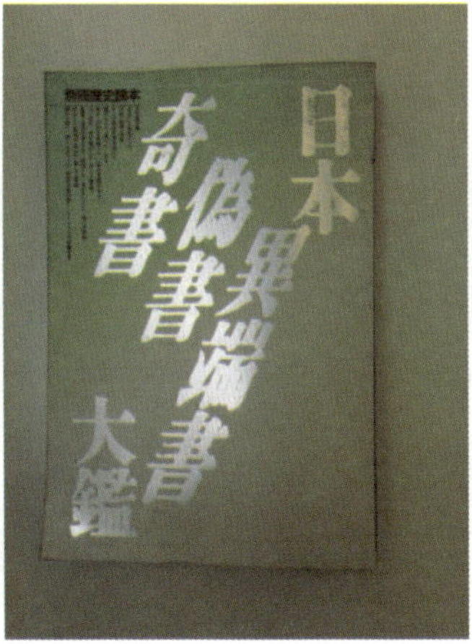
日本
異端
偽書
奇書
大鑑

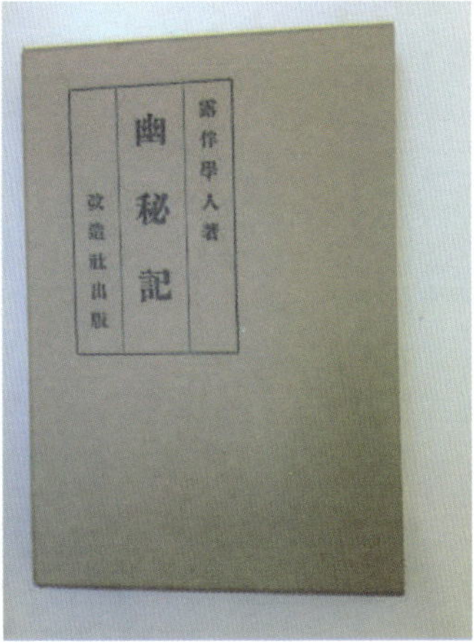
露作學人著
幽秘記
改造社出版

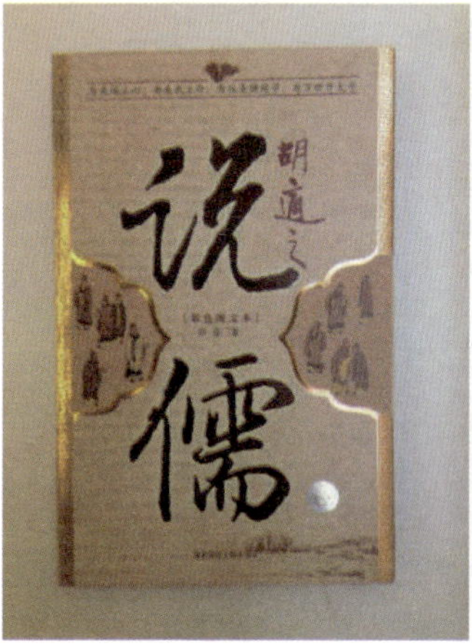

191 | *2014–9–01 12:19*

不料竟被换成……

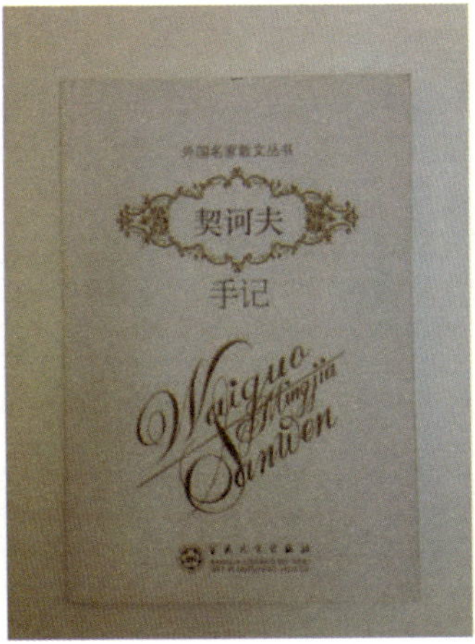

192 | 2014-9-1 12:17

我讪笑着说了我的座右铭：『我什么也不要。』又引用了唐璜的口头禅：『你们想的太远了。』他没说什么，我们就开始吃炸酱面了。

193 | *2014-9-02 20:44*

怎么平衡“我在”与“我说”两种背道而驰的观点，是我这两天的难题。

194 | *2014-9-08 22:19*

窈冥端。

195 | *2014-9-09 00:20*

今晚的月亮表达自我方式之粗俗史无前例，这发福、发疯的月亮！巴尔扎克《高等娼妓的荣耀与悲哀》写的就是你。

196 | *2014-9-09 00:34*

月亮与黑帮和艺术家是一样的，受人敬仰。但人们在内心深处都希望看着他们从高处摔下来。

197 | *2014-9-09 00:57*

天仙引：因寻地内天，为觅云中电，令彼我如如稳稳，使阴阳倒倒颠颠，显神通向猛火里栽莲，施匠手在弱水里撑船，把月窟空悬。

198 | *2014-9-15 00:28*

连续几日，商海作战。似有阻遏，告诫自己当与幻灭和平共处，不要让我要的光明擦伤了我。陆九渊说：“收拾精神，自作主张”，可这千般道理怎抵这夜色深沉？才发现墙上的画美得竟然无奈，一幅兼职的样子。它悬挂在那里的意义在于对意义的询问。如同我准备马上用酸奶拌米饭一样，我的胃又一次百思不得其解。

199 | *2014-9-15 00:35*

莫扎特布满灵智的亮度，在为花忧风雨。海顿的《剃须刀四重奏》，为才子佳人忧命薄。

200 | *2014-9-15 00:36*

秋凉夜梦，迷头认影。树凋叶落，体露金风。

@新浪历史: #历史上的今天#【墨西哥独立日】1810年9月16日，墨西哥独立运动领导人伊达尔哥敲响了教堂的钟。他高声问道：“你们愿意自由吗?你们愿意夺回三百年前被可恨的西班牙人夺走的土地吗?”群众高呼：“独立万岁!”这就是著名的“多洛雷斯呼声”，它揭开了墨西哥独立战争的序幕。这天，也被定为墨西哥独立日。

39 8 19

201 | *2014-9-16 15:00*

给历史上的今天点个赞之后，我就把这个表拆开了，在每个时间点上写下养生事宜，再给它戴上两只蝴蝶，以此减轻这几十年巍然不动的下午对我的损害。

202 | *2014–9–17 18:13*

收到都江堰文庙祭孔的胙肉。味美。孔子当年就因为没吃到这个，愤而离开鲁国。

203 | *2014-9-19 16:19*

从窗户望出去，稚赡渊懿，三米以上是古代。今天的苏格兰独立未果，这个消息在她心上重重一击，就像支撑着这个房间的石膏柱一般，无法动弹。天道如何，吞恨者多！（此时对一个希望独立的苏格兰人的内心比拟）

204 | *2014-9-19 16:31*

Rubberneck。"橡皮脖子"，今天你我都是橡皮脖子，日本的说法是"野次马"。

205 | *2014-9-20 00:06*

国学在 *2018* 年左右会不会包围形而上学？

206 | *2014-9-20 00:07*

电子书的缺点是不是没电就没法看了？

207 | 2014-9-20 00:09

除了诱惑，我什么都能抵御，那我还能不能做个女刺客？

208 | *2014-9-21 10:00*

加班。最近我在公司设立了一间减压室，刚才我在里边摔碎了一百个盘子，哇塞！爽到了外太空！而且发型一点也没乱。

209 | *2014-9-27 22:07*

布置新展室，今晚通宵一场。喜欢亲自动手，力求把钻声听得绸缪宛转、绮罗香泽。想起扎克伯格的早期名片：我是CEO，混蛋。

210 | 2014-10-07 22:32

这几天在院子里垒了个灶台，等雪花飞，校猎归，鹿初肥。

211 | *2014-10-10 13:50*

露白天高，独做酒筹。凝神端居，然后入指。寓至味于太羹，擅淳风于玄酒。

212 | *2014–10–14 15:52*

买了个老式织布机，准备把它改成电脑台。

213 | 2014-10-18 09:48

见不到你的时候，我的内分泌，很乱。粘了两个小时的黑钻，也没有减轻一点点。

真是活财神来到咱家

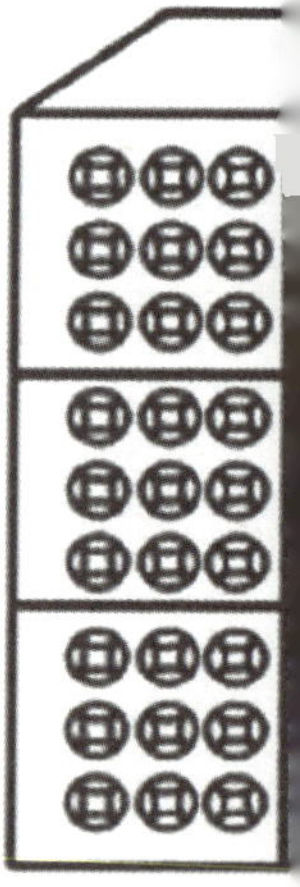

214 | *2014-10-25 15:31*

冷。做了三张《九九消寒图》。

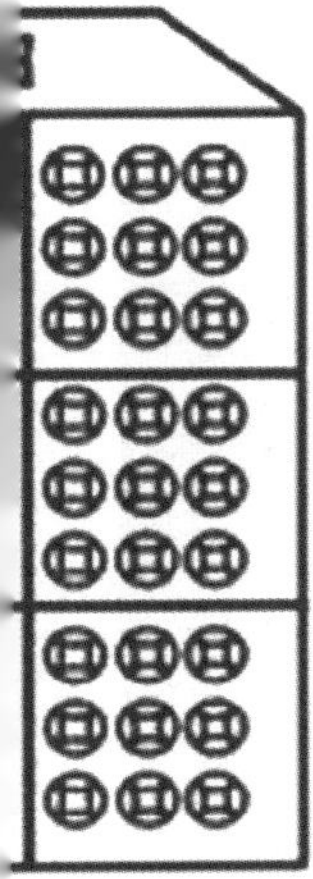

215 | *2014-10-25 18:44*

工作时，我对自己用敬称“您”，“您的预算要降低哦”，“您的项目需要增加人员啊”……采取社会代码的距离。运用此法首先就是使我处于引述态，瓦解一切同盟关系，其次是可以把自己的孤独强加于人，或者至少把自己放入了引号。

216 | *2014-10-25 21:54*

刚刚在院中所拍——呼应村上隆在纽约西24街555号《踩到光耀亡者国度的彩虹尾巴时》的展览。

217 | *2014-10-27 21:37*

集天地肃杀之气于我之剑端!

218 | *2014–11–01 00:08*

墙上做了几个字。布尔乔亚式的消遣？一点不安，魔力扑面。蝴蝶。不飞的小鸟。少女飞走的童贞。喉中磨一粒珠玉。梨现金黄。颈上珍珠，俳句的奇数节奏。

219 | *2014-11-01 01:58*

就是这样。

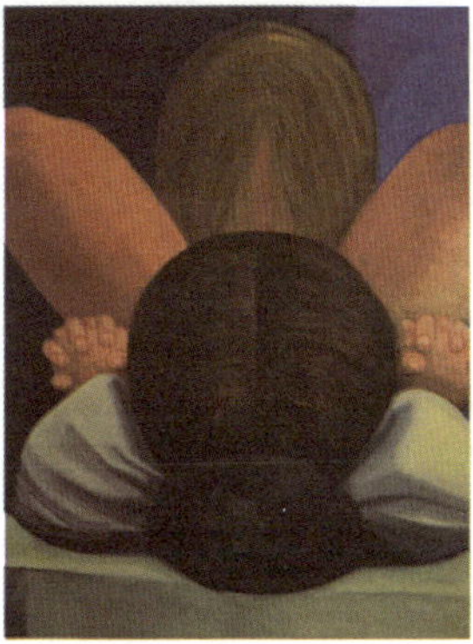

220 | *2014-11-01 02:10*

旧事凄凉不可听。

221 | *2014-11-01 02:21*

一日思卿十二时。

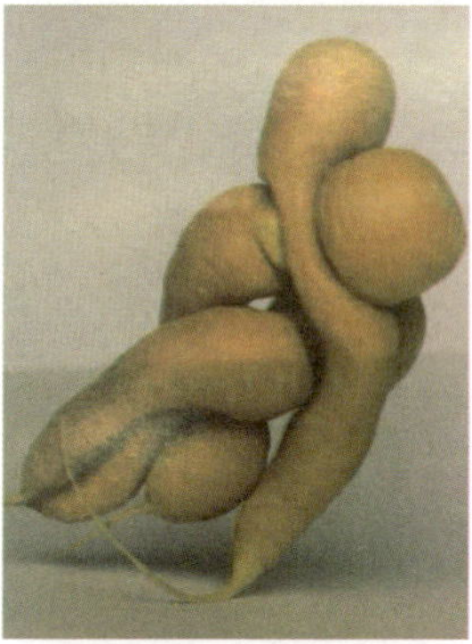

222 | *2014-11-01 02:33*

想唤不可能的花出来。

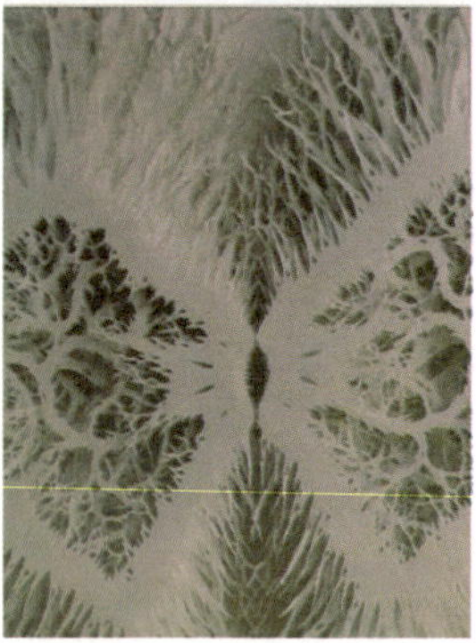

223 | *2014-11-01 03:29*

君美无度，惜好男风。

224 | *2014–11–01 21:43*

完成了我的土豪椅。想起马雅可夫斯基的一句诗：“吃吃凤梨，嚼嚼松鸡，你的末日到了，资产阶级！”

冬脉石

（之二）

225 | 2014-11-07 15:50

就是这样。

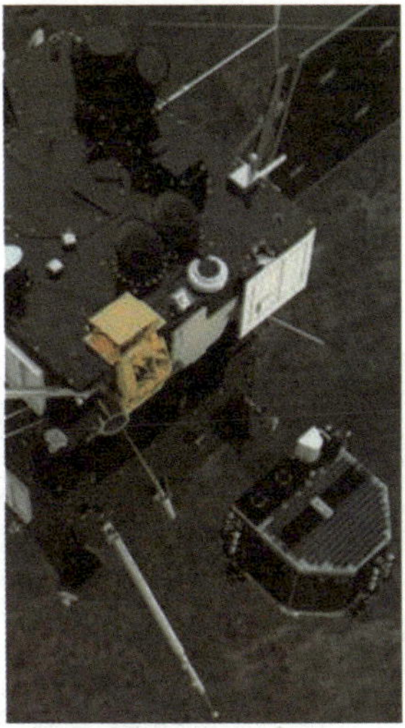

226 | *2014-11-12 22:26*

关注罗塞塔一个月了。今晚为了菲莱喝了韭菜粥。

227 | 2014-11-13 15:26

对着镜子练习说大日如来与遍照金刚。

228 | *2014–11–14 18:51*

阴历二十二，今天按乐子长丹法炼丹。

229 | *2014-12-02 16:49*

今日收藏。

230 | *2014-12-04 05:12*

风景如画的解剖室。

231 | *2014-12-04 05:13*

坐着、吃着、睡着。

232 | *2014-12-07 10:47*

来晚了。还谈什么晨勃与心脏早搏?

233 | *2014-12-07 14:43*

看过了社会进步主义者的帽子。

234 | 2014-12-07 14:46

太麻里海边的太太们相约太平洋旁。

235 | 2014-12-10 00:30

我听天由命，看不见的命。

236 | *2014-12-15 07:07*

风大，导致了我的自省散发着自夸的气息。

237 | *2014-12-12 07:21*

你的事惊动天堂了吗？帮我问问艺术有没有狂犬病吧？

238 | *2014-12-18 14:16*

朋友一场，烟水渺茫。

239 | *2014-12-20 11:24*

余老师：我们的乐队什么时候成立啊？名字就叫“咽喉之地”可好？

240 | 2014-12-21 16:05

还有 58 分钟今天就过去了，我只再等你 73 分钟。

241 | 2014-12-21 16:06

既然天气这么好，不如做我男朋友吧。

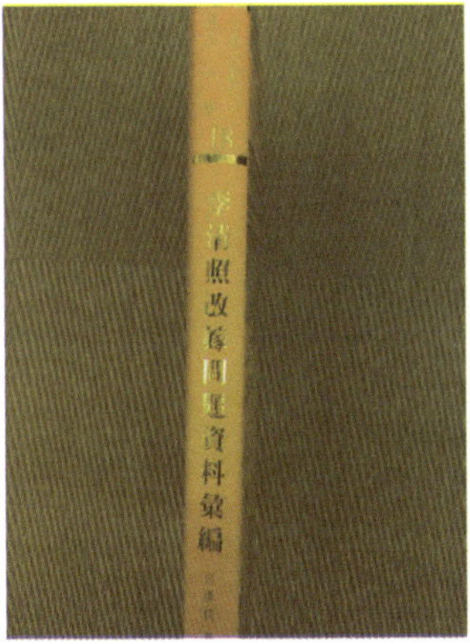

242 | *2014-12-25 00:43*

平安夜，我坐在地板上努力地读易安，读不下去就剪我的头发。

243 | *2014-12-25 00:50*

这书比你的头发还纠结。

244 | *2014-12-25 00:59*

这是一个真人版的克拉尔·肯特时间。

245 | *2014-12-25 01:42*

出门，听耶稣摩擦人民的两肋。

246 | *2014-12-27 16:00*

我对我这张脸真是看够了。

247 | *2014-12-27 22:50*

High.

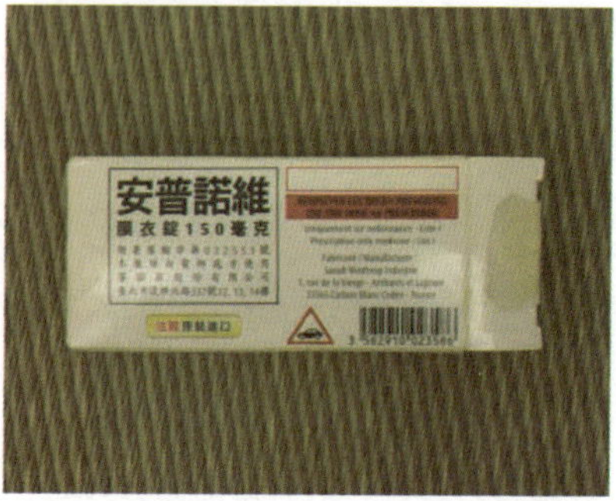

248 | *2014-12-27 23:47*

现在用安普诺维片炖鸡，奇怪西方怎么一直没有药膳啊？

249 | *2014-12-30 17:34*

取悦一个影子。

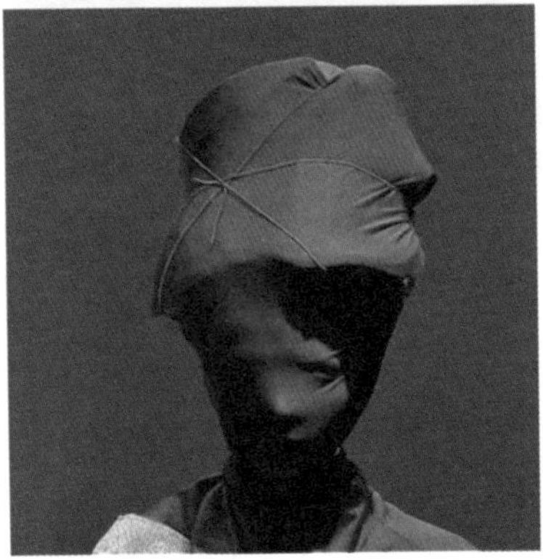

250 | *2015-01-02 22:40*

太阳从西边出来了。

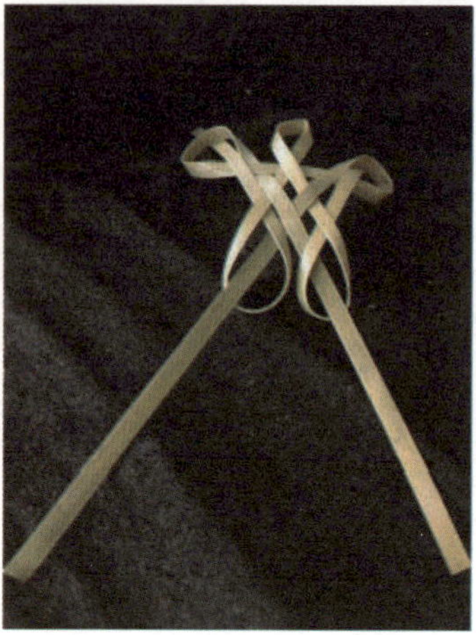

251 | *2015-01-02 23:41*

这么晚你还在做节目，我做只青蛙好了。

252 | *2015-01-05 16:01*

自由了干什么，干所有事。用毛毡做了个小花园，虽然它并不能在彩虹之上。

253 | 2015-01-10 23:25

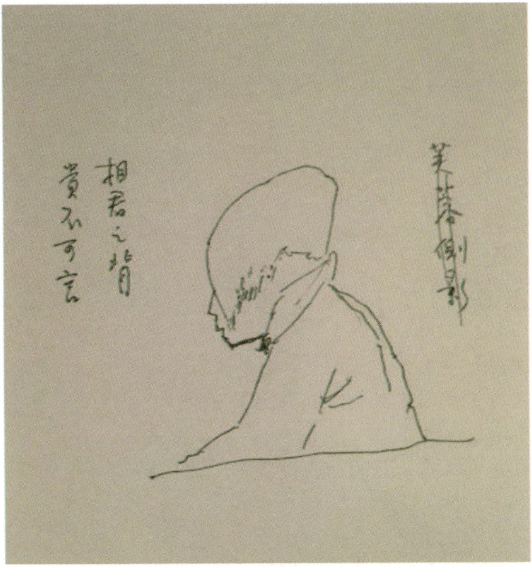

254 | *2015-01-14 20:49*

我，生于忧患，毁于作息时间紊乱。

255 | *2015-01-16 15:26*

萨特说下午三点是一天中很奇怪的时间
在这个时间开始做一件事总是觉得
太早或太晚
在这个又痛又痒的向西的房间
在三点钟
在我的三点钟
在我不能与你分享的三点钟
我要不要写一些不痛不痒的文字
把思想的体温降下来？

256 | *2015-01-16 15:26*

硬推荐。一层一层往上推。

257 | 2015-01-16 17:32

我三天没买新衣服了，我心里苦。

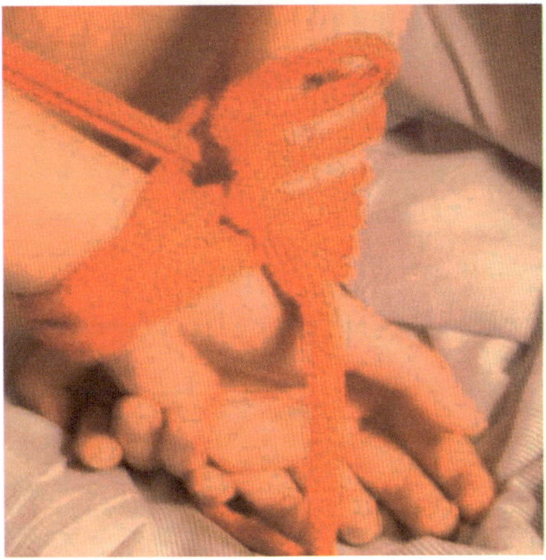

258 | 2015-01-17 14:58

看图造句。

259 | 2015-01-17 15:10

不玩绑手了，现在我开始做崩蜡。

260 | 2015-01-17 15:35

关于崩蜡的若干问题的回复：有生之年狭路相逢终不能幸免。

261 | *2015-01-18 14:25*

混蛋，不是不愿意，只是不可以。

262 | *2015-01-18 14:27*

愚公移山，北京暴徒。

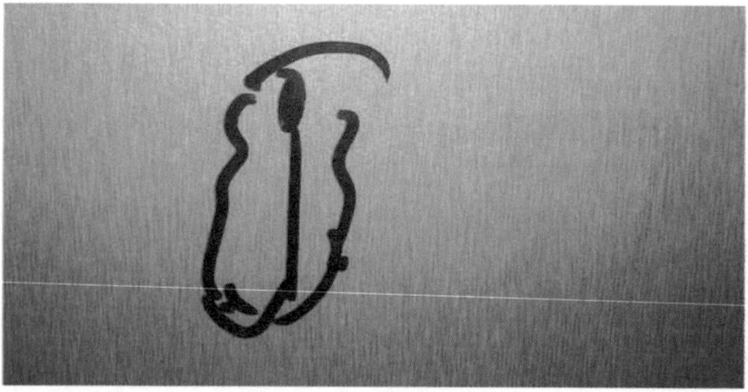

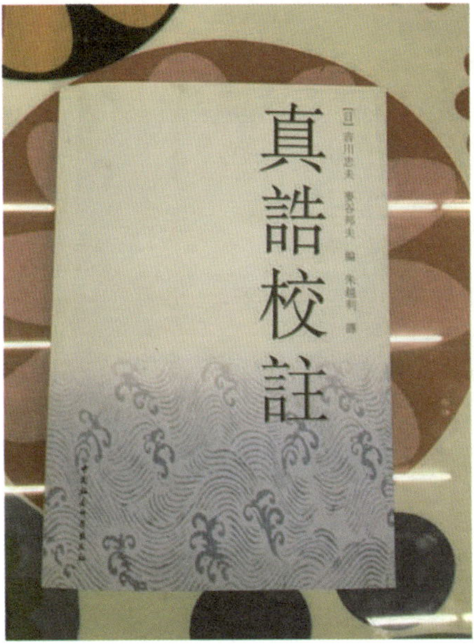

263 | 2015-01-18 21:39

推荐《真诰校注》。《真诰》是齐梁大道士、茅山宗祖师、号称『山中宰相』的陶宏景所整理的，记录着一批神仙的诰示。六朝道士通常用扶乱等仪式和神仙沟通。神仙下降、有所指示，就由乩手抄录下来。当时的道士都是大书法家，故这些记录均是墨迹精妙的，内容也极具文采。那些神仙又多是女仙，而且多与士人有婚姻的缘分，更能吟诗作文，因此一开卷就展示了一幅神人交往的浪漫景观，是后世人神、人鬼恋爱的发端。书里还提出了神仙洞府的观念及有关洞天福地的纪录，影响后世极大。中国人对这些，现在已十分陌生了，研究也不足。这本校注是日本道教学者吉川忠夫所作。

264 | *2015-01-18 14:27*

形容瘦，流年老。缅北这几日战事：进入缅北翡翠核心产区勐拱、雾露河的缅甸政府军，正被缅北联军（克钦独立军，克钦民军，德昂解放军，果敢同盟军，若开解放军，北掸邦军，八八学生组织）围剿……

1=C

$\frac{2}{4}$ 64 53 | 44 4 ‖

喵呜 喵呜 喵喵 喵

265 | *2015–01–21 11:23*

猫说：跟我唱。

266 | *2015–01–21 11:27*

刚查了下原理，『一个 sstc，加上音乐灭弧电路，音乐控制灭弧信号，让电弧直接推动空气发声』。

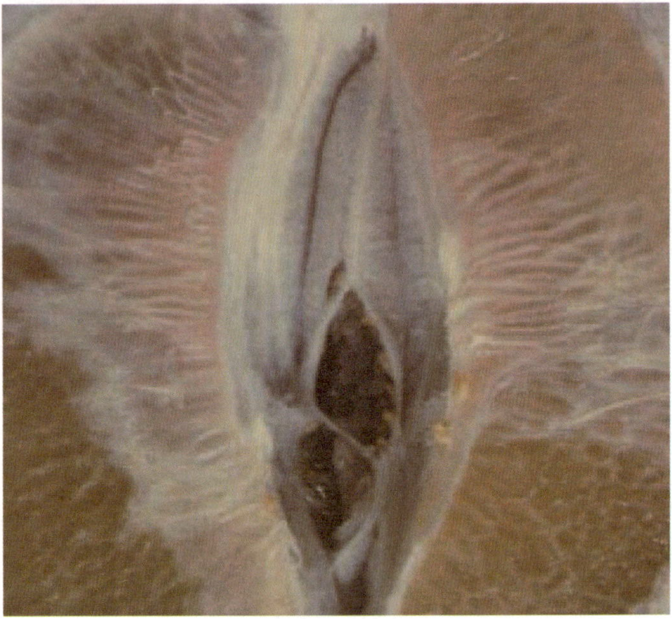

267 | 2015-01-24 06:09

她在太阳升起时就这么大笑着。

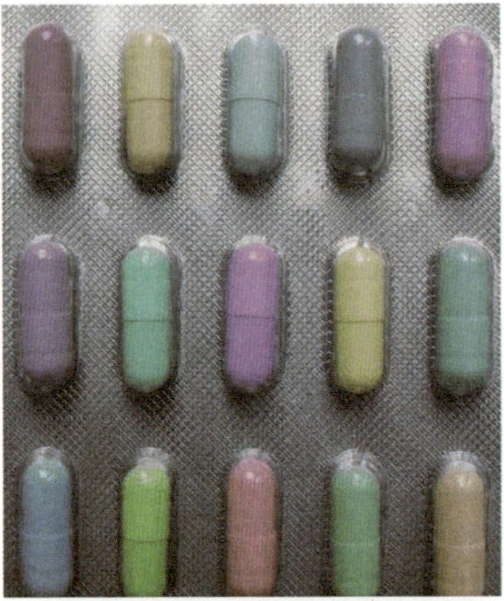

268 | *2015–01–24 06:42*

吃下这些药，我口吐莲花。

269 | *2015-01-26 23:51*

The door is opening.

（拍手）

270 | *2015-01-27 14:28*

身为颈控，搭电梯时，如果站前面的人后颈很好看又裸露得恰到好处，内心就会有亲上去的冲动。

271 | *2015-01-28 10:13*

舒曼共振的频率是天人合一的频率。

272 | *2015–01–30 20:24*

云生产：上面种菜，下面养鱼。

273 | *2015–01–30 20:45*

天啊，经济战争真美。

274 | 2015-01-31 09:51

巫婆开唱，缘何上达于彼苍？

275 | 2015-01-31 11:00

酒精度适中最好，（5%）高了醉得快，低了老不醉也着急。

276 | *2015-02-02 00:04*

惟有你，成就我爱到不像是凡人。

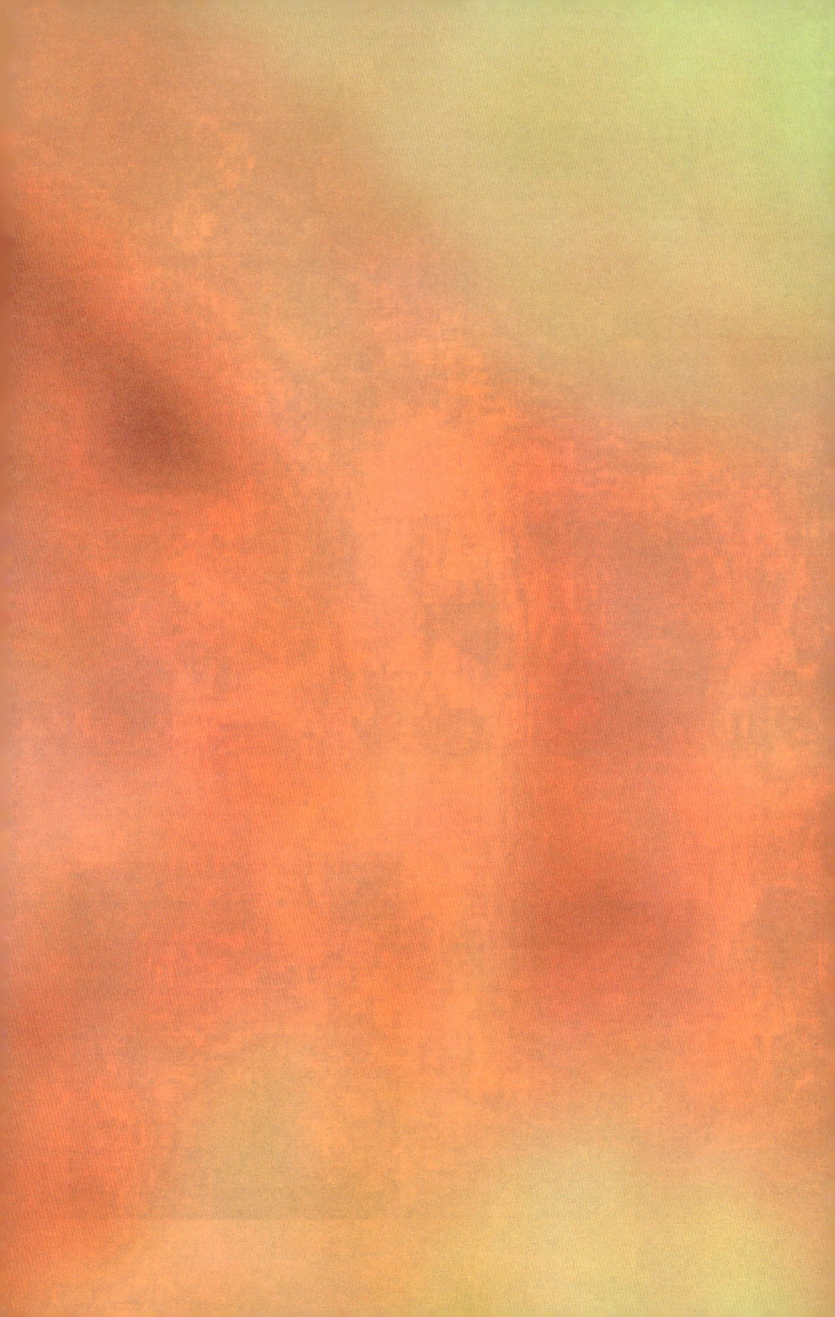

277 | *2015-02-02 00:19*

用灯光照着一盏灯。

278 | *2015-02-02 12:39*

气沉丹田 头顶开花

279 | *2015-02-04 15:26*

立春也来说方向：我蓦然从空中抓出一把闪电，随手扔出去，拖泥带水。

280 | *2015-02-06 12:36*

听起来很像道教音乐。

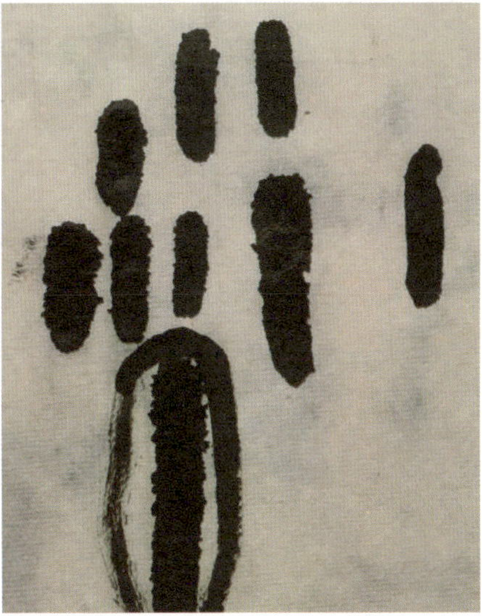

281 | 2015–02–06 13:53

乳臭未干，向所有偶然学习。

春脉弦

（之三）

282 | *2015-02-06 17:34*

新设计的衣服。

283 | *2015-02-06 18:22*

好吧，这件衣服就叫“美羊羊”吧……
咩咩咩。

284 | *2015-02-06 22:34*

中国的药见效很慢。

285 | *2015-02-07 01:03*

以前总在长安商场门口专卖最新欧洲文艺片的老孟，你去了哪里你何时归？已经过了 2 月 2 号土拨鼠日了，你看，沙漠也下雪了。

286 | *2015-02-07 01:14*

虾米音乐不能上传了，素交腻友，你真的最喜欢月亮代表我的心吗？

287 | *2015-01-14 01:20*

《谁占有我？拥有身体或当前的所有权理论。》

288 | *2015–02–07 13:13*

准备孵化玉眼油葫芦。喂了你那么多阿胶、孢子粉、人参、鹿胎粉、蟹黄膏、蛋白粉、螺旋藻，你的肾该多么强壮啊。

289 | 2015-02-07 22:40

当年大禹逝，其大儿启承父位，是为夏。从此『家天下』取代了『公天下』。本也无妨，只是启的颜值不能像马龙·白兰度一样高着实不能原谅。

290 | *2015-02-08 19:13*

我经过这段时间的实践，证明通过发微信和微博来治疗“经前综合症”这个办法是可行的。

291 | *2015-02-08 19:13*

正在和一位日本的绳束师聊这门日本的传统艺术。

292 | *2015-02-08 20:03*

据说捆绑来源于最早原始人对上天赐予猎物的膜拜。

293 | 2015-02-09 02:11

咬春。

294 | 2015-02-09 16:04

人情之游也无涯。

295 | *2015–02–10 01:58*

元无有、成自虚。

296 | *2015–02–10 01:59*

依然谨慎的乐观。

297 | *2015–02–10 02:23*

饿着睡觉就不会在睡着时有梦吃。

298 | *2015–02–10 14:03*

你这个人，有点太不可怕，尤其是，
一点也不莫名其妙。

299 | *2015-02-11 16:07*

形式让真理快活得发抖。

300 | *2015-02-11 00:41*

最近怎么总是觉得八十岁以上的男人才性感呢？出门找找。

301 | *2015-02-11 01:11*

以为前面看到雪，原来是云碎了。

302 | *2015-02-11 15:16*

哈哈，我不可能生在一个比诗歌无用的时代更美好的时代了。

303 | *2015–02–11 16:15*

互动。互否。

304 | *2015–02–11 18:30*

朱竹垞词:“老去填词，一半是空中传恨”，时光流逝，我已经可以平静地面对写作的无用。

305 | 2015-02-11 16:07

我的充满小津安二郎无性气质的蛇啊！

306 | *2015-02-12 14:01*

朋友圈里的春逝：你发，我赞，刻舟求剑。

307 | *2015-02-13 16:24*

今天一整天粉碎性厌世。

308 | *2015-02-13 16:37*

把头浸在酒里，练习选择性失忆。

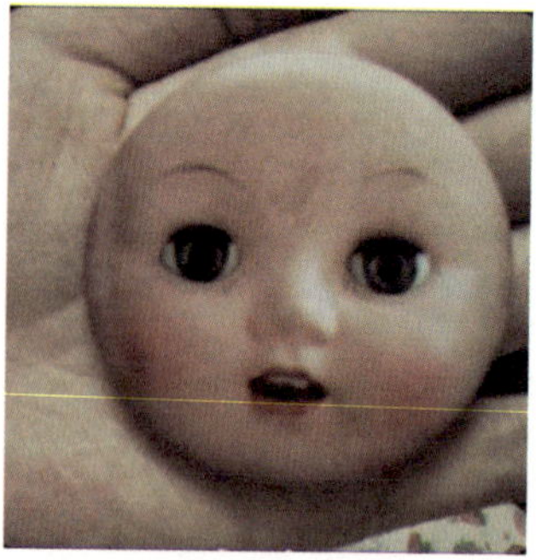

309 | *2015–02–17 14:48*

今天的云和怡梦汽水一个味道，喝了会好睡。

310 | *2015–02–17 22:35*

吕特弗与戈达尔的分手金句：“我们之间不再有特写，只剩下长焦了。”

311 | *2015-02-25 10:56*

无论在什么地方，你，总是一个力量。

312 | *2015-02-25 10:58*

怎奈它情生智隔？

313 | *2015-02-25 12:08*

外面很美，而我正好没空，要多么瘫软的心态才能度过初七。

314 | *2015-03-02 12:28*

喝了一口街上的朦胧，有动于衷。

315 | *2015-03-02 12:42*

继续过春节，且将家事磨慧骨。

316 | *2015-03-06 11:25*

三步一生。

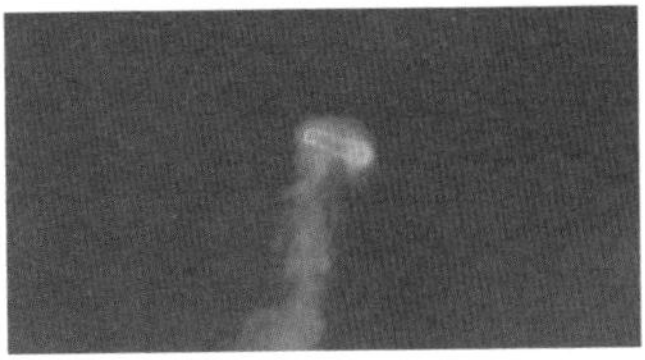

317 | 2015-03-12 17:17

那时，我与这个世界曾有过情人般的争吵，一半是无所谓，一半是意难平。后来发现世界上最低成本解决问题的手段就是开诚布公，其他一切手段都是增加成本的手段。人会依赖于别人对自己的依赖，信任的太阳只照耀真实的上空。圣经上说：“日子如何，力气也如何。”云自无心水自闲。我，越来越像我自己。

318 | 2015-03-15 05:18

别挑破我肩上的痣。

319 | 2015-03-15 05:24

天堂再好，如果不能自由进出，也是不能原谅。

320 | 2015-03-15 05:47

母体的开放与散金解惑。

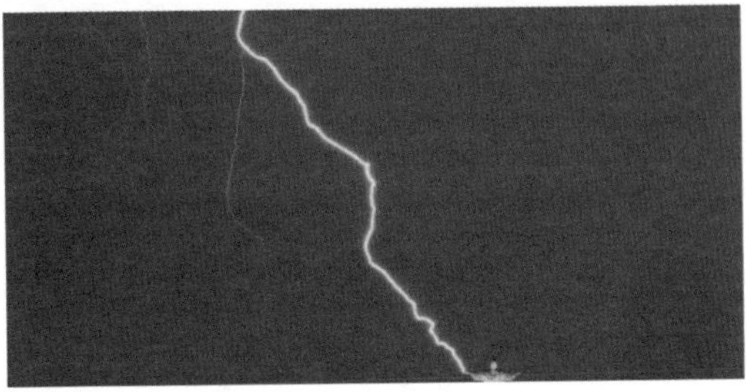

321 | *2015–03–18 22:39*

谈“更加公开的无纪律”。

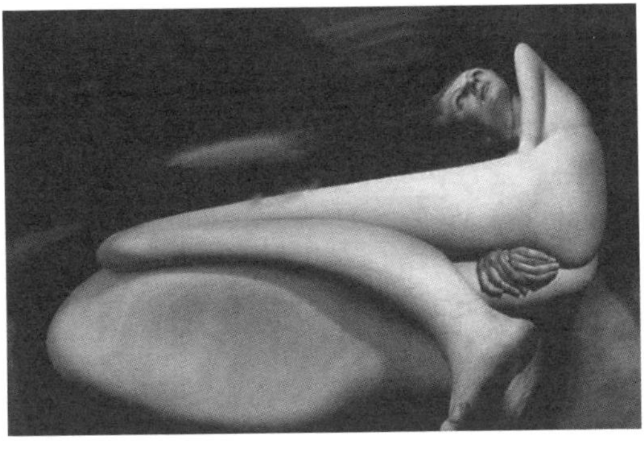

322 | *2015–03–18 22:41*

有选择的革新点。

323 | *2015-03-19 19:00*

春天纪实：四点的枯草堆。

324 | *2015-03-19 19:04*

你别和我同时任性好吗？这很重要。

325 | *2015-03-19 19:22*

我上辈子杀死过春天，谁让世情如鬼。

326 | *2015-03-22 12:20*

反正，我还有五十四年的时间可以荒废。

327 | *2015–03–26 15:16*

晚春小作：《玩具料理》。

328 | *2015–03–31 17:10*

距上一次堕落差不多已经八年了。

329 | *2015-03-31 17:42*

我被他的怨念迷住了。

330 | *2015-03-31 18:00*

王维“桃花复含宿雨，柳绿更带朝烟”。如是如是变：盐田千春。

331 | *2015-04-03 00:04*

和谁恋爱，最后都是和自己交手。

332 | *2015–04–07 12:51*

从北京到天津的高速公路右侧的树上有231个鸟窝。

333 | *2015–04–07 17:28*

我也正有此意，可是到哪去找那么多训练有素的蚂蚁呢？

334 | *2015-04-12 23:28*

不敢问她的，就问他吧。

335 | *2015-04-12 23:58*

看到希望了就不必为所欲为了。

336 | 2015-04-12 21:08

『现代传统』，对，就是这个术语。

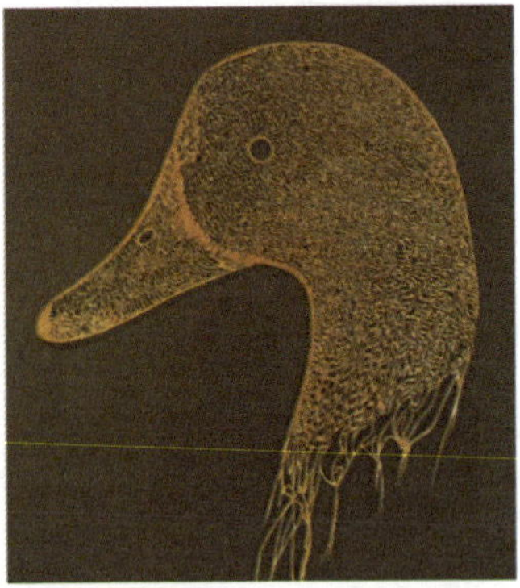

337 | *2015-04-13 01:32*

等人。无聊。我猜最后一个字是静。动静。

338 | *2015-04-15 20:33*

沙尘暴配妖风，法海，我们去水里打坐吧！

339 | *2015-04-20 11:04*

坐等下午五点的太阳。

340 | *2015-04-20 11:09*

我昨天吃了一个超人的软糖忘记拍照了。

341 | 2015-04-22 16:06

你／正面。

342 | *2015-04-24 19:40*

扯块布，遮望眼，唯此一念：
探访马塞人，生喝活牛血。

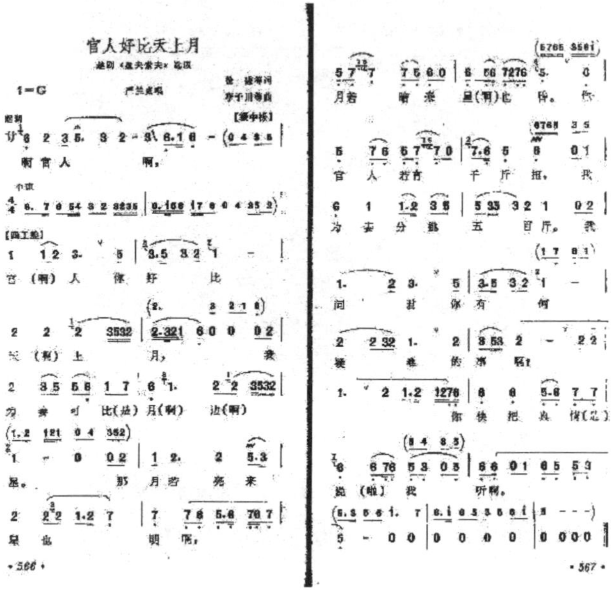
官人好比天上月
1=G
啊官人啊，
官(啊)人你好比天(啊)上月，我为妻可比(是)月(啊)边(啊)星。
那月若亮来星也明(呀)，
月若暗来星(啊)也昏。
你官人若有千斤担，
我为妻分挑五百斤。
问君你有何疑难的事啊，
你快把真情(来)说(啦)我听啊。
·566·
·567·

343 | *2015–04–27 18:48*

学戏。背着你挥霍。

A01. | 2015-05-04

女大十八变

——傅一清谈织布机、电脑台与装置艺术

织布机和计算机有什么相同之处吗？这是我偶然从山东淄博一个朋友那里得到了一台老式织布机后，突然萌发的问题。最近我对旧物改造充满兴趣，因为在这些迷人的旧物中，往往镶嵌着一座伦理的时钟。它们隐身埋名，对它们来说，最美妙的时刻或许是忘记了自己是谁。它们让周围的一切都低语着，让人不期然地成为不速之客。

不过当我开始查阅一些资料后，竟吃惊地发现织布机和计算机之间的血缘关系超乎了我的想象。摆在写字台的台式机、塞在口袋里的掌上电脑、已成长为人类新器官的移动电话，乃至很多家用电器，都是1804年诞生的一台织布机的后代。

当时法国人雅卡尔发明了穿孔卡织布机，引起法国丝织工业的革命，后人则把穿孔卡做成计算机的输入装置。20世纪40年代，IBM公司开始制造计算机，计算机的时代到来了。不过那时候的计算机也没有放弃打孔卡片，仍利用它编程。

一直到20世纪80年代后期，打孔卡片才被电子为媒介——磁带和光盘所取代。事实上计算机和雅卡尔织布机的原理几乎一样，都是事先编好程序，然后让机器自动去完成，只不过前者靠机械，后者靠电子而已。因此，也许我们可以说，计算机不过是台极其高级的织布机。当我们使用计算机的时候，也就是以光速做着编织工作。

在高速运动下，织布机的梭子从纵向向丝线上方还是下方穿过，是一个

随机事件，而最后形成的横向与纵向丝线的交叠状况是个随机的结果。我对织布机改造成电脑台的联想也是一种随机的亲历式自我。

如果像霍弗犀利的批判："知识分子的最大特权是可以随心所欲地胡说八道"，那么热爱艺术的人的最大特权也许就是可以随心所欲地胡乱改造吧！当我再反复凝视这台织布机时，觉得它就像狄更斯的秘密情人奈莉·特南，"这个女子好像是狄更斯艰难生活中春天的气息，一直奴役着他"。我觉得它的自发性精华开始越来越多地鼓荡我，奴役我，改造开始了！

关于织布机外形的改造，我参考了中国古代的"书画船"的历史。"书画船"是中国书画家独有的传统，明清间，中国的书画家集中在太湖流域和长江下游一代。南方书画家的主要交通工具就是"书画船"。"清风拟如芝兰室，博雅如游书画船。"这是清代钱泳写的对联。在船里放笔墨纸砚，读书、作诗、写字。画画。"书画船"也显示了中国文化发展的一个特殊情境。米芾《虹县诗卷》中有"满船书画"四字，就是在说"书画船"。

看着这些拆散后又拼装的部件，老骥伏枥，焕发新生。我想起了英文 *stamina*（活力）这个单词，它来自拉丁语 *stamina*，是 *stamen* 的复数形式，而 *stamen* 的原意是织布机上的经线，是纺织时的基础。建立新的改造是一门学问。“我真诚地请您看看我。”旧物们在快被我们遗忘的地方发声。

艺术家 *Todd moyer* 曾根据织布机的原理制作出了具有全新设计理念的激光投影装置——*illoominated*。9 个投影发射点发出 9 道不同的激光线，配合 9 个不同的弧形滚动平面，激光就像毛线一样被“织”成美丽的图案，十分耀眼夺目。
然美则美矣，这些作品是博物馆或展览馆的宠儿，既悖离了织布机的日常身份，又无法进入日常的空间，他们与普通人的生活就像是隔着玻璃口角。大众居家文化与当代艺术的和解，仿佛酒神与日神的握手一样难以期盼。而对旧物的改造以及将日常生活翻转为艺术的概念，恰恰构成了打开现代性之塔尖的钥匙。

织布机不仅影响了纺织服饰的发展，也是人类文明进程的缩影。织布机织布的过程，其实就是梭子带动一根横向的丝线高速穿过很多纵向丝线的过程。从织布机到电脑台的改造，也是就把当代艺术引入生活的过程。“它要求我们放弃专业人士和私人之间的分野、理性与直觉之间的分野、自然与人为之间的分野、头与心之间的分野”（赛里埃语）。所有设计的本质就是解决人和物之间的关系，它，静静地完成了对“关系美学”的升级，用旧材料解放了想象力，以艰难的咀嚼咬穿艺术与生活的藩篱。

如果说当代艺术已经进入了一个“魂不附体”的状态，那么对日常生活的回归会帮助艺术家们发现自己所处的僵持局面有所归依，家居装置作品可能是一个出口，使艺术不再更多的成为虚无的供品被束之高阁、家居装置作品可能是一个出口，使艺术不再更多的成为给虚无的供品被束之高阁。这是从对现世生活的终极肯定出发，把人间问题当成全部灵感的源头。

这件事，有一种震撼的冲浪者节拍。你喜欢吗？我喜欢！

A02. | *2015-05-05*

《清异录》

——傅一清艺术问答

近日，艺术家傅一清的家居装置艺术展《物种起源？》在草场地国际艺术村举办。去年她的《无定形·家》家居装置艺术展已获得极大关注。现代世界森冷寂寞，美感难寻，美术馆等场所总是一副难以亲近的模样。而傅一清的家居装置作品却为人们提供了一个新的视野，一种艺术生活的可能。“让美感落地，让生活与创意、与美结合”是她的设计理念，亦是她的生活信条。

问：网易记者　　答：傅一清

一、为什么是艺术？

您曾从商，也写诗，出版过非常受欢迎的诗集，为何转而从事艺术创作？是素有爱好，还是别有追求？

答：我可以说我喜欢像希区柯克的电影那样慢条斯理地吓人吗？

二、为什么是现代装置艺术？

看过媒体对您的报导，知道您的绘画也颇有造诣，但为何目前主要在做装置艺术？

答：绘画是散见，装置艺术是总览。

三、为什么是家居装置艺术？

当代艺术的热点是文化与性别意识，涉及身分认同，例如角色与性别，情欲影象与语言等，或颠覆、否定世俗与政治，要不就反叛、疏离社会和群众。因此展现当代艺术的场域也都是非日常性的，例如美术馆。在公共空间的，则多有社会性及政治性。您为什么不由此着眼，而要走入日常生活，重回家居空间？

答："危险的事固然美丽，不如看她骑马归来，面颊温暖。"

四、为什么是这样的家居装置艺术？

我也知道目前已有一种"日常生活实践"的思潮，例如英国当代艺术三年展自千禧年以来就一直在推动现阶段生活与艺术之实践。实践指艺术家不再自居前卫、先锋，仍在那里玩概念、发牢骚，或自虐，或呻吟；而是要回到日常生活来，审视当下，建构日常，并反对工业化生产的家居现成用品。您的创作，似乎呼应了这种新动向。但具体做法明显不同；在国内也还没人这样做，因此有评论说您是"家居装置第一人"。能不能谈谈您的思路？

答：对"新视觉"的期望。

五、为什么家居装置艺术不是家具设计或室内装潢？

答：DNA 更复杂，是一个提出问题的成果。

六、请谈谈家居装置艺术的前景和您未来的发展规划。

答：没灵感的时候人才会考虑规划或规则，而我每天思如泉涌。

夏脉洪（之三）

344 | *2015-05-06 21:14*

法国右派大党 UMP 获政治局全票通过，该党新名：*Les Républicains*（共和党）

345 | *2015-05-18 11:51*

山歌好比春江水。

346 | *2015-05-18 11:52*

纵有欢肠已成冰。

347 | *2015-05-19 11:41*

今天和院里的猪笼草一起等蚊子。它有“蜜露之路”，那么适合于爱情。我不能杀死蚊子，否则我就是凶手。再看五遍《罗生门》，就和你约会，你要配合我做恋爱中各怀心事的情侣啊。

348 | 2015-05-20 11:54

是『不装的生活美感』还是『螺狮壳里做道场』？哈哈哈，反正我还是不知道自己为什么总会无端地突然抑郁或兴高采烈。我能说什么，预感总是一望到底。

349 | *2015-05-21 10:57*

迷上你如锁箱中。

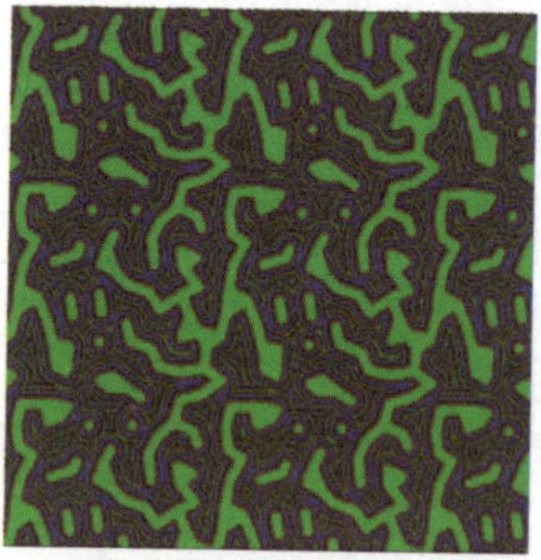

350 | *2015-05-23 01:59*

端起镜子，反映自然。

351 | *2015-05-23 01:59*

失去性潜能的旁观。

352 | *2015-05-23 02:00*

你在我饥饿的时候喂饱了我？

353 | *2015-05-23 03:12*

为什么总有拉拉向我表白？我有什么问题吗？怎么会这样？平时没少秀恩爱啊？我支持同性婚姻合法化，不过我只想吸引到我应得的目光。你睡不着，听听后摇吧，那是最能给生活带来谎言感的音乐。

谨献给刚刚分别的那双眼睛。

354 | *2015-05-26 13:46*

睡一天。

355 | *2015-06-03 14:32*

我和亚历山大·麦昆谈了一个上午“前摄行为”这个概念，午饭都没吃，后来我说，其实“前摄行为”翻译成古文就是“凡事预则立、不预则废”。他就沉默到现在，我说我们一直互相直视吧，相看厌了便分开。

356 | *2015-06-04 00:57*

再读约翰邓恩《让人民自由》。

357 | *2015-06-14 14:08*

治偏头疼偏方：用白色的萝卜皮贴在两面太阳穴上，每晚二十分钟。

358 | *2015–06–16 12:02*

细数在美术馆睡觉的艺术家。

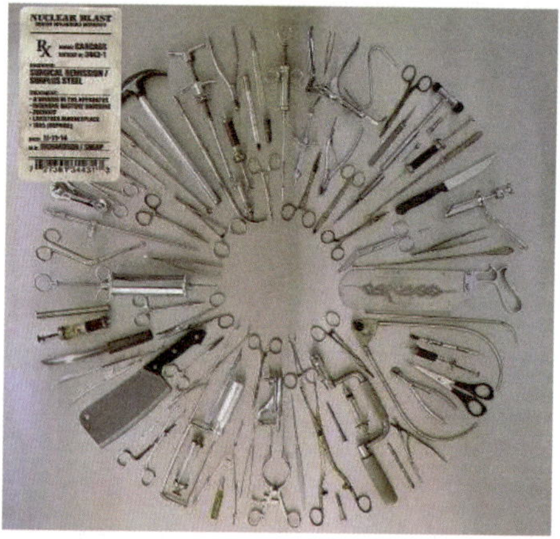

359 | 2015-06-30 12:30

一说话，你就说要减肥，锁骨计划？

A03. | 2015-06-19

《至人无梦》

我的家居装置作品《至人无梦》主要由油画和刺绣组成，做了半年之久。它是不是一件好东西尚未可知，假如是，我想好东西有两个任务：

一. 先知道有这么回事。

二. 然后知道拿它干什么。

刺绣是中国古老的手工艺，已有两千多年历史了。据《尚书》载，远在四千多年前的章服制度，就规定"衣画而裳绣"。至周代，也有"绣缋共职"的记载，其内容多为花鸟虫鱼和风俗画面。自汉代以来，刺绣逐渐成为闺中绝艺，有名刺绣家在美术史上也占了一席之地。三国时吴主赵夫人能刺绣作列国图，时人谓之针针绝，当为记籍所载最古的刺绣画。

油画产生于欧洲十五世纪前，洛可可风格则产生于十八世纪二十年代的法国，是在巴洛克风格的基础上发展起来的。

我的作品《至人无梦》是对中国刺绣和西方洛可可风格结合的尝试。虽然这也可能是走在前往迷路的路上，但是，不管何时、何处，愿望不都是最好的指南吗？

今天，我们无法不怀疑刺绣或者油画的独创性，我们真正的可能性，是将它们做新的安排、新的解释，一种尼采的永恒轮回中的创造性解释、一种德勒兹的重复的差异。在中国及西方的漫长的传统与极度复杂的今天，给了我们一种真正的资源，一种造型灵感，美好的瞬间总是如期来袭。很明显，刺绣已不能在农村风景和花卉的自然之间继续了，它可以叙述色彩色情主义、普通身体的曲线和性征以及自然中汩汩而动的手势能量，重新找回中国缺少的一种自恋视野。鲜活的肉体、荒谬的自然，竖的人像振动在横向的背景上，展示着不可思议之因素的共存，优雅而又冷漠，是作品中女性形象的诚实心灵的造型呼吸。

我没有让她固定在一个情绪点上，而是让她在点之间移动。从起初的混沌，到力量的精致及反复，终至一种表达的权利，从而使她放弃了惯常概念所赋予的安全感。从被动的不安转向主动的不安，意识到自己的欲望就叫自由。这是一幅动态肖像，一封给自己的情书，感受着时间的过程，我试图让观者逐渐停止注意作品中的人物，而开始和她一起生活，谋求在身体、梦境、自然的铺设中，剂量适当。

是的，它最终的呈现是一个屏风，既“屏其风也”，又隔而不离。它不仅仅是艺术化的艺术，而是将油画更加物化，这是既惶惑又平静的安置。我们对绘画的思考与运用，因互联网、摄录机的出现而发生转变，在这个背景和推力下它将被赋予另一种归宿。从绘画到装置艺术的发展不能用理性的尺度去衡量，只能相信它理应如此。我要做的只是怎样让混乱产生秩序，接着把这种成果继续融入，一种崭新的强劲的能量由此产生。虽然会有一些不适，可我们要坚持感受的锋矛。变革艺术，让艺术的感受重新处于这个世界的精神最前沿处。

艺术还有更深刻地提问的能力吗？虽然它一直昂着头，就像一只高智商的猎犬。

也许你觉得这些想法趋于碎片化，可我恰恰觉得，碎片化的思维，能够使人焕发勇气，走向未被感知的地方。甚至也只有更多的矛盾心理才可以重新给出我们这个世界正确的体温。

你见过款款而来的梦吗？我见到了。

庄子说：“至人无梦”，这是成年人的童话，世间可能就是持续久一点的梦。流转的存在下，物体的分别到底是分离还是毁灭，抑或是合同而成一？

《至人无梦》

DIRTY FACE
CROWNINGLORY

彼此的区分，不过是相对的瞬间状态，梦的本质就是美丽与其背后凄冷之间的张力，是美学中最迷人的极端对抗。

这个作品，我调动了自己可能藏匿的所有傲慢，为了听听才爽朗起来的心事怎样迷蒙。带着脸谱般的优雅，很多人用尽年华的故事，在梦里只是一个转身。
我决定做系列寻找。

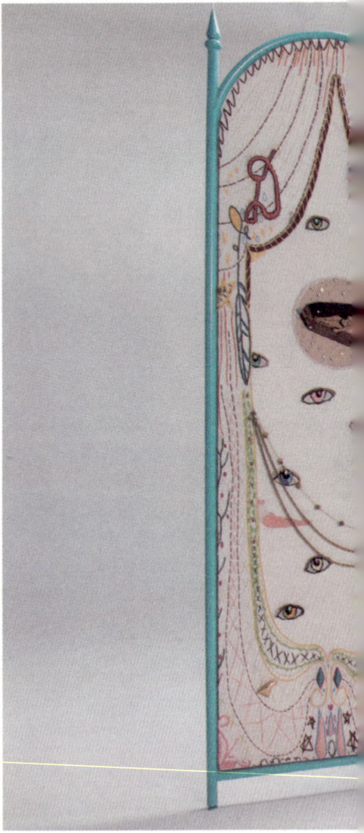

《至人无梦》

A04. | *2015-06-23*

粉色梅花桩

——傅一清谈她的作品《粉奴》

粉色，非白非红，是不饱和的亮红色。

这几年我眼看着粉色在我身上淋漓尽致地做回自己，粉色装置作品之于我，会不会成为布尔乔亚的雕塑或草间弥生的波点，谁也不知道。我两只手都带粉色的表——如果摘掉其中一只，我的身体就歪了。
喜欢粉色，沦为粉奴有很多理由，但一路追随是没有逻辑的。显然，它要求我保持一种无解状态，如《首楞严经》所云："汝爱我心，我怜汝色，以是因缘，历百千劫，常在缠缚。"它忽开忽合，进退随情，无一定型，活而不乱，俨若梅花桩。其步法如下：

一. 科学家们最近发现了一颗太阳系外行星，而且，它是粉色的。被命名为 2012vp113，它由冰和岩石构成，直径为 280 英里，距太阳远达 70 亿英里，是地日之间距离的 80 倍。远远超出任何已知行星与太阳的距离。科学家认为，粉色行星的运行轨道受绕太阳转动的"超级地球"的引力影响。这种引力之大前所未有，是传统行星形成框架里最难解释的行星类型。

二. 在斯诺克台球中，粉色的球表示 6 分。

三. 最近我买了 3 个粉色樱桃妹娃娃。她有粉色连体衣和牙牙宝宝，很好玩，可以给她刷牙、喂奶和换尿布。喂她吃固齿饼就会长牙哦！

四 . 三亿多年前，喜马拉雅山地层中的矿物质与海盐沉淀结晶成粉色的岩盐，被当地居民称为“生命之盐”。每天摄取含 84 种矿物质元素的喜马拉雅粉盐，是人类补充矿物质最好的来源，“朝朝盐汤，晚晚蜜”，乃此盐也。

五 . 苏轼《浣沙溪》：“傅粉郎君又粉奴，莫教施粉与施朱。”读起来依然点酥剪水。

六 . 粉色小灌木郁李和樱桃看起来很像，郁李的果柄很短，樱桃的果柄较长。

七 .4 月 27 日消息，肯尼亚博格里亚湖迎来一年一度最好的观鸟季节。浅湖艳阳，两百多万只火烈鸟迁徙到这里，形成一片壮观的粉色海洋。

八 . 女人粉色的乳头，像杨梅的样子，表面颗粒状，脆弱、敏感、易痛。

九 . 发现微信朋友圈的头像都变成了粉色系，果然是到了繁衍的季节吗？

十 . 日本大阪公园道路两旁密密麻麻种满樱花。开花时节，樱花的枝干交错搭织成一条美丽的“樱花隧道”，一个小时都走不完，人被粉色烤化了。

十一 . 粉色，“我梦你”，“我也缠绵”，“我要你”，“我也贪欢”。

十二 . 葛丽泰·嘉宝说她最惬意的事是穿上雨衣、戴着航空帽在雨中漫步。谁也不知道这世上有没有过粉嫩嫩的嘉宝。

十三 . 巴哈马群岛上的哈勃岛，粉色海滩长约三公里，水清沙幼，被评为世界上最性感的海滩。

十四 . 窗台上的满天星开了三朵，两朵白色，一朵粉色。我失眠的时候，它们陪我醒着；我出门了，它们在家休息。

《粉奴》

十五．粉色能抑制肾上腺素的分泌，可帮忙对付抑郁症，可爱才是正义，其他算个 *What* ?

十六．不要把自己由“粉丝”变成“粉奴”，那些涣散迷恋的日夜，像济慈一般异想天开，又如折磨我们的蚊子一般粗鲁。

十七．冯梦龙《挂枝儿》：“一口儿咬住奴粉香腮，双手就解香罗带”，这是关于避免战争的可行性报告。

十八．英国小镇惊现粉色鸽子，这只鸽子根骨清奇。粉鸽，是毛里求斯特有的一种鸽子，已濒临灭绝，十分罕见。不过后来证实那只鸽子身上的颜色是人为染上的。唉，粉色！

十九．我洗完澡半干头发，穿粉色睡袍，吃半边西瓜，甚好。
粉色，凡有攸关，靡不备采。在梅花桩上，她开始一口气接一口气猛冲。

《粉奴》局部

360 | 2015-07-01 14:40

柳岂如是。

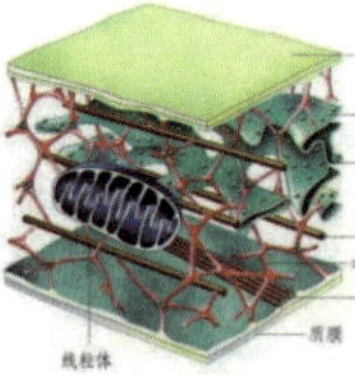

细胞骨架

361 | *2015–07–02 20:36*

362 | *2015–07–03 13:35*

/the one/

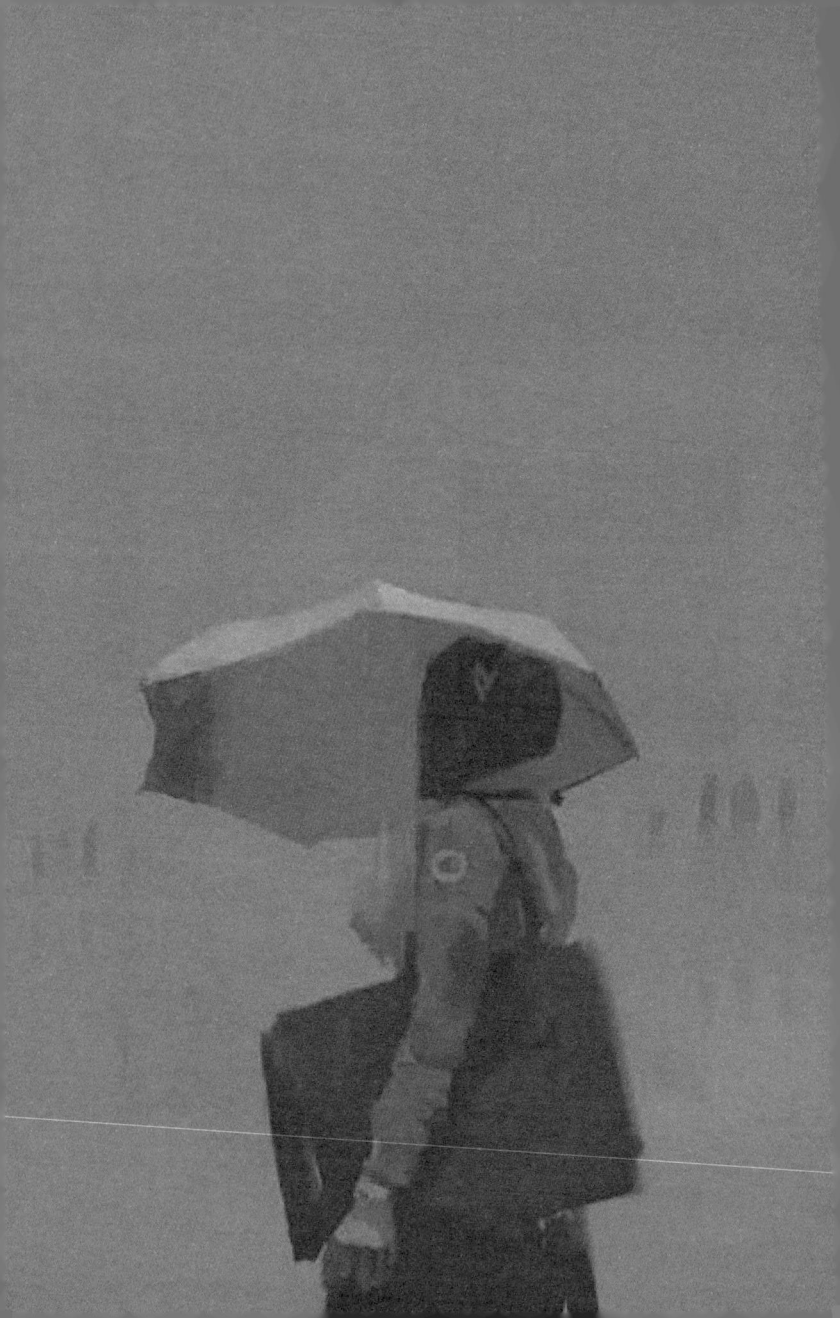

363 | *2015-07-08 13:35*

说了半年加 *12* 小时的话。

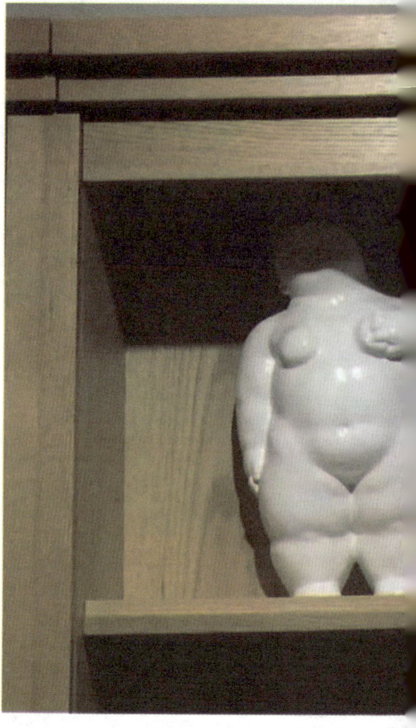

364 | *2015-07-13 02:28*

八月来得太快了。

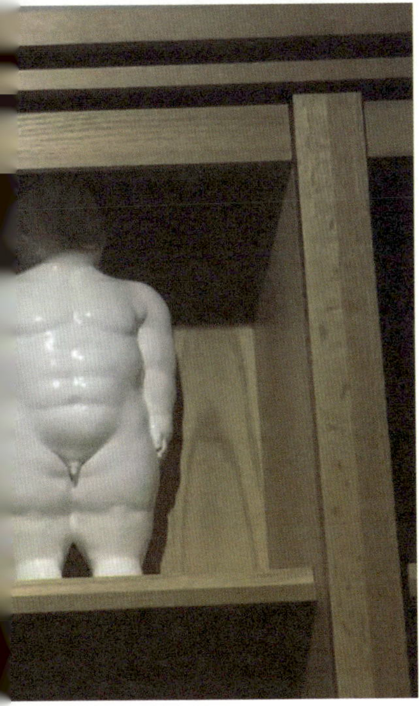

365 | *2015-07-13 14:47*

查了一下才知道，原来**アンチニヒリズム**是「反虚无主义」的意思。

日常を打破して具体化するエロス
本能で重ねる情事　無限地獄
アンチニヒリズムの直感認識は
潜在的幼児性暴力癖を誘発

366 | 2015-07-15 23:33

367 | 2015-07-15 02:02

深夜前五分钟。

368 | 2015-07-18 21:48

心脏打肿分给五个人。

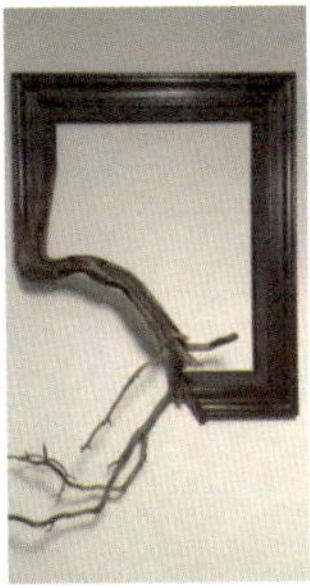

369 | *2015-07-20 01:16*

清凉雨和鸭舌。

370 | *2015-07-25 23:38*

蓝色中的白色和绿色。

371 | *2015-07-27 23:14*

痴人面前不得说梦。

372 | *2015-08-01 11:00*

今天，艺术到底还能容忍下多少抽象概念？

373 | *2015–08–06 13:33*

秋近天燥，春宫图可以防火。

374 | *2015–08–11 23:50*

麦芽糖的雪崩。

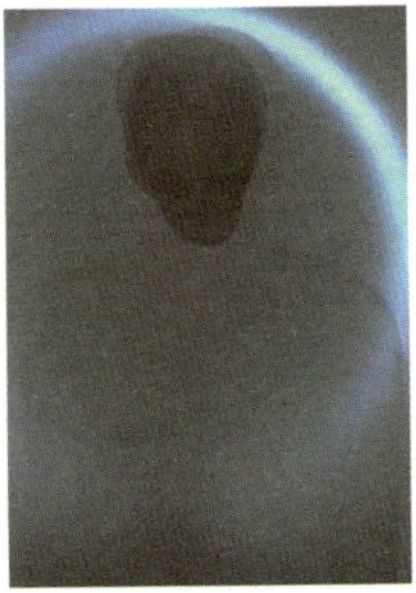

375 | *2015–08–13 03:09*

溏沽的一种吐血方式。

A05. | *2015-08-17*

纵欲以证菩提

傅一清谈她的作品《纵欲以证菩提》

为了使事情更复杂，智慧做了一种粉红色的发挥——成为情色。这个过程很流畅，符合自然界的特点。它不具有神秘性，所以分析在此恰逢其所。欲望是人类意识中质疑自己本源的部分，是问题中的问题。纵欲是对秩序的新看法，如巴赫，是对情绪的真表达，如贝多芬。尼采说："力的过剩才是力的证明。"肉体的生活只是我们所经历的一场精神旅途，反复的探索即是正道所在。疯狂会带来严重的后果，理性又何尝不是？佛教之路：信，解，行，证。不过就如法国新浪潮电影的先锋人物戈达尔所言：电影应该有开头，中间和结尾，但未必按这个顺序演进。
在这个大游戏时代，经过粗暴的、巨量的删除，世界只剩下薄薄一层。这让我们意识到生命的本质之一是过度，生命就是生命的挥霍。挥霍是庆典的本质体现，庆典是所有宗教活动的高潮。在佛教中，狂欢代表着恐惧的消逝，放空一切比任何感觉都令人兴高采烈，纵欲令一切不安遁形。

如无女色，何来释迦和达摩？

解脱，像一个去掉尿布的孩子。

《纵欲以证菩提》

376 | 2015-08-13 23:59

我什么都不想知道，像天使一样肮脏就好。

377 | 2015-08-18 10:29

我想在玩 *The Sims FreePlay* 时赢得『疯狂透顶』。

378 | 2015-08-20 14:50

伟大情史，万缕千丝。

379 | *2015-08-30 06:45*

色度学是极乐又日常的一门学问。

380 | *2015-08-31 02:01*

洗清秋。

A06. | *2015-08-25*

这个世界到底能从诗人那里得到什么?

你，本该当上帝的，可惜那个位置有人占了。你，本可以成为天才的，但是天才就是集中精力的能力，而这恰恰是现代人的力有不逮之处。直至尝试做他人也失败了之后，我们只剩下习惯自己，接受自己了。如果我们承认幸运是一种艺术，那么可能就需要明白人最重要的两件事：

一、自己要什么。
二、建立秩序。

宇宙并非为了人类的舒适而造就，人们生活在这个数字化的物质世界里，人们是唯物主义者。鱼还是那条鱼，只是水不一样了。已经没有人再谈“存在主义”，而是身体力行着“现在主义”。

“我早上买的股票，下午怎么还没有利润？”比起岸芷汀兰，人更像一根随风飘摇的蒹葭，面对压力、攫取和孤单，不知怎样才能隐于无所有。人的心像一辆辆磨损得戏剧性的旧车，输送着无聊无往而不在。不管生活如何荒谬，我们总想活得合情合理，荒诞便在人与世界如何共存中产生。调整和适应是人重要的能力，从来如此，只是在这个时代中速度加快了，甚至加快到具有这个能力的人才能生存下去，这种残酷的高贵与粗俗的庄重，已经成为一个现代人的特征。每个人都会被自己所选择的生活本身所胁迫，纵使自由自在的人也不例外。而当你无话可说又正在说着它的，那，正是诗。在这个世界上，只有写诗这件事是平等的。

诗言志，没有志何言诗？志是什么？志是在你身上还没有实现的东西。

历史就是这样进入诗性时刻，这个世界到底能从诗人那里得到什么？

如果你把什么事情都推到时代身上，证明你老了，只要心年轻，什么时代都高兴。如果说幸福在于拥有许多激情和许多满足激情的手段，在21世纪，研究不可适用模式则显得异常重要，帮助人在不同层次的流亡中将冲突物理化。诗歌恰逢其时的存在犹如献祭的残损和凡高的断耳，看得懂的觉得有意义，看不懂的觉得有意思。听诗人谈创作，相当于白蛇谈她如何变成人，可以了解当人向情欲投降时，才能顺从理性。诗人通过词语的一次次轰隆隆的暴乱，把灵魂挂在大脑上示众，对他来说，这种献祭是真切的。诗人不是耶稣和妓女，需要人人都来爱我，他们只是和肉鸡也能谈谈飞翔。

在瓦罗时代的罗马，关于什么是真正的幸福，曾经存在有278种相互矛盾的意见，傅立叶把人的情感区分为1620种固定的情感，萨德则将快感分类，让快感在对快感的分析中加倍。不过极度的无知和极度的博学都会种下符号的痴迷，在普遍的世人的昏睡中，诗人的失眠是好的。他们是扯断人们习惯思维那条线的人，和巫师一样似乎经过了通神训练，由此他们可以忠实于自己的痛苦，像肉中刺一样活着。如果说知识分子是哲学引起的症状且试图给文明看病，诗人则是我所是、毫无保留的为这个世界呈现出一种对共活性的礼赞，即一种超形式——灵性坐标。

诗和梦情同手足，它是醒着的梦，诗人在燕子中睡去，在老鹰中醒来，使情绪的私人化成为一种审美风格。一首诗是一颗流星，诗人的好奇心及由此引发的良性冲动，让他们对这个世界的新奇与陌生感产生声名狼藉的渴望，让诗人成为一个绝对的职业。他们通过诗歌试图虚构过去、悬置当前、发明未来，再把这三者当沙拉一样混合一处，品尝它们搅拌到一起后流出的汁液，在最没有诗意的现实中寻找诗意。

每个人可能都想认真的年轻，浮尘取荣。对荣耀的管理，对应的只能是个人的灵性坐标。它像针灸一样，针扎在一点却能把四周的脉络激活。“心养，汝处无为而物自化。”尽己性，尽人性，尽物性。所谓经历，无非是不断回头看自己，其中重要的是你的目光，而不是你看到的东西。诗歌或许就是一种完整的生活手段，一个人想安心地无所事事，也得有大的本领，归根结底，内心深处得住个诗人。闻弦歌、知雅意，人们能和诗人一起身处尽头不停欢歌吗？然后再像葡萄特殊的成熟过程一样——高贵的腐烂？

过度的设计有时会让这个世界显得幼稚，我们每个人其实都是这个时代所发生的所有事情的帮凶。诗是诗人心灵的碎银，他们通过诗歌思考，试图解决“为什么为什么”的问题，协助这个世界不主动解雇任何人，一个微笑比一颗子弹便宜很多。

诗人的声音是对种种不可表达之物的袭击。

幸好我们拥有诗人，所以我们不会被真相击垮。

诗人傅一清第二本诗集《这感觉让我们活着升天》于2015年1月在台湾正式出版。

傅一清的现代诗集《35 次平川漫流》，曾在国内缔造了销售两万多册的佳绩，中国作协及作家出版社还专门为她举办了研讨会，一时瞩目。

《这感觉让我们活着升天》风格及主题均与上本诗集不同，有情色文学之意蕴，使人揣想，也提供困惑。是诗语言的尝试，有心灵秘境的探索，除对现代生活的处境和社会情境的讨论，更集中于两性心意的分析，以此影射或象征着我们升华与沉沦的生活。诗人时而耽溺，时而揭露，时欲畅言，时又闪烁其辞，令人难窥究竟，而语言黠慧，尤可称道。

特录傅一清新诗集《这感觉让我们活着升天》诗二首：

无，比影子更轻

我的理想是
建一座五百层的舍利塔
里面空空如也
只放一颗
卵子

颈 如此循环不断

成了小白鼠的滚轮
两人相处成一件休闲的睡袍
梦也提供了障眼术
我需要一点喧嚣
一点漂浮
仿佛显影液里已经出现
但还未完全稳定的图像
诱惑着升华
我不懂
爱情是否一直在心理律动
但它就像你用的棕色打火机
不管怎么打不着
但终究会解决

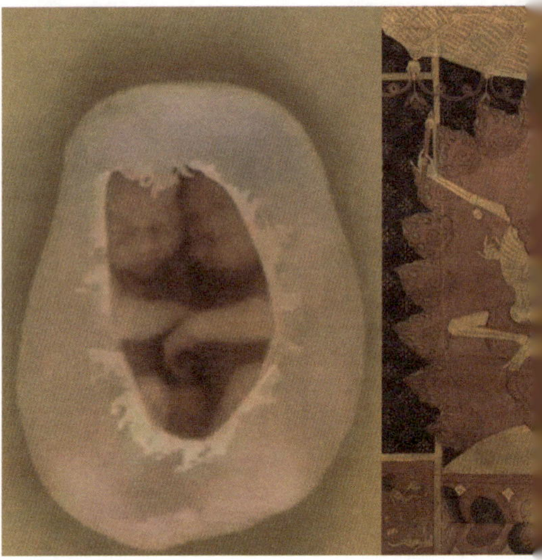

381 | *2015–09–01 03:27*

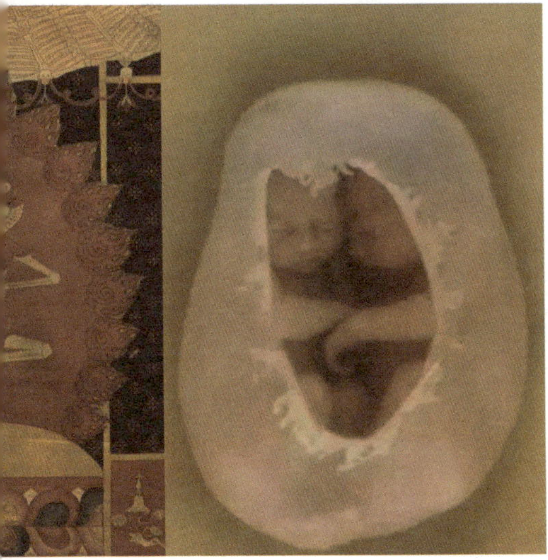

A06. | *2015-09-01*

懒骨头

我喜欢
他在家里是个懒骨头
我不想把生活作为生活对待
而是把生活作为他来对待
悉听茶人便
无心无苦怨
要保持这种纯洁恰如逆水行舟
好在
恩典够用
我想
他要做一个人物
光有一个合乎逻辑的头脑不够
还要有一种强烈的气质
我要让他的某些错误比我的明智更有价值
我像个作家一样
若刻意做案
无人可破
他是唯一和我用乡愁说话的人
我的智商在平稳地下降
同时我也吃大量的维生素 B
唠叨果然好了一些
谁也不能有意识地让血液循环起来
懒骨头一天一天地
为 241 号院的和谐做着贡献

《懒骨头》

382 | *2015-09-04 01:33*

怎样才可以没有来世?

383 | *2015-09-06 05:00*

人皆可以成圣贤，我却不能——你说，
现场总是最春风。

384 | *2015-09-06 22:44*

能治海鲜过敏的人在哪里？我想把这杯酒打包给他。

385 | *2015-09-10 01:15*

写完一篇《如何从第一幕便失去观众？》。

386 | *2015-09-11 06:08*

当然是因为他一直宠着我。

387 | *2015-09-11 14:21*

自欺是很迷人的。

388 | *2015-09-13 03:15*

这个社会到底有多少被贫穷剥过皮的人?

389 | *2015-09-13 04:12*

天哪！经济战争真美！

390 | *2015-09-13 05:26*

在五千人的朋友圈里，还有多少不明飞行物？

391 | *2015-09-16 23:57*

敛黛。

392 | *2015–09–23 11:00*

杭州最好的师傅为我量身订制的欧式宫廷装，晚上我要穿着它去拜谒苏小小。告诉她最近我在外面的世界游刃有余，在自我的世界里天旋地转，问问她内心比身体更消瘦的时候该怎么办？

393 | *2015–09–23 12:46*

圣光出鞘第二章我看到的日记是哪天。

394 | *2015–09–23 12:46*

手种红药。

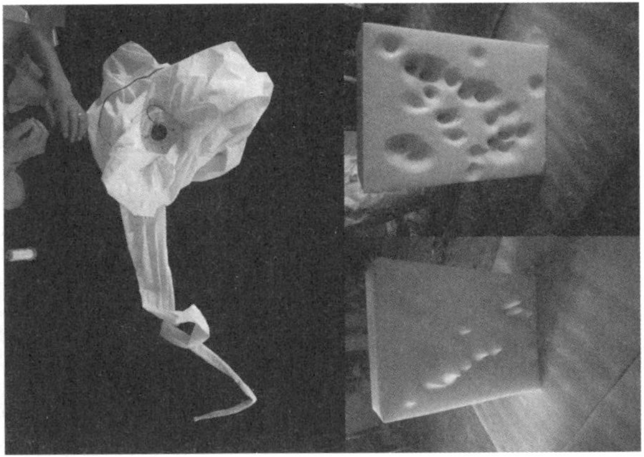

395 | *2015–09–27 22:33*

筹备蜀地新展，直下工厂看山河，人道是清光更多！

396 | *2015-09-19 11:00*

黑泽明的画、邱吉尔的画、毕加索临终前的画——读苏珊·桑塔格《我幻想着粉碎现有的一切》有感。

397 | *2015-09-29 16:06*

此时冒雨登机，触类可通者也：日本迷幻摇滚狂人灰野敬二作为作曲家的首部作品，10月2日将在东京著名的草月会馆首演！据说这部名为《奇迹》的作品创作了长达40年：88位演奏者将使用88架钢琴在同一时刻弹奏，向约翰·凯奇的作品《4分33秒》发起挑战。

398 | 2015–10–03 09:55

找到做钵卷的新素材。

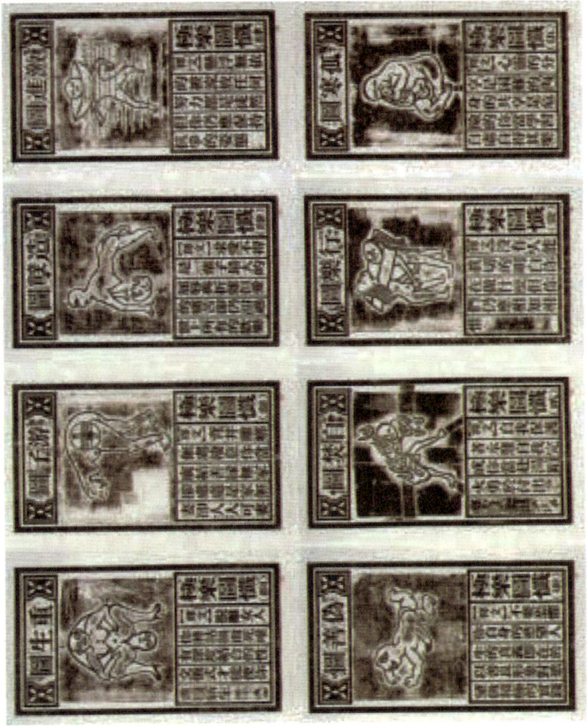

399 | *2015-10-03 17:58*

如许颜色让我认同了萨特的观点："辨证法都是废话。"可爱就是可爱!

400 | *2015-10-03 22:35*

“海上吉普赛人”巴瑶族，没有国籍，生活在马来印尼菲律宾之间海域，数百年来以潜海捕鱼为生，是最后的海洋游牧民族。他们学游泳在走路之前，幼时就戳穿耳膜来减少潜水的痛苦。

401 | *2015-10-04 21:10*

桃花源里走着一个职业侦探，欲在一滴露水上落落大方而过。

402 | *2015-10-07 01:29*

我发了一条微信。

403 | *2015-10-07 10:34*

404 | *2015-10-09 11:32*

《叩》：从你迷恋这片山水的那天起／就是一个固执的鼓手／在敲打／在触摸／我的身体面临第七次发育／你取笑我头脑中的玫瑰／那些花瓣／不过是通往某个酒店房间的／大床——选自傅一清台湾诗集《这感觉让我们活着升天》

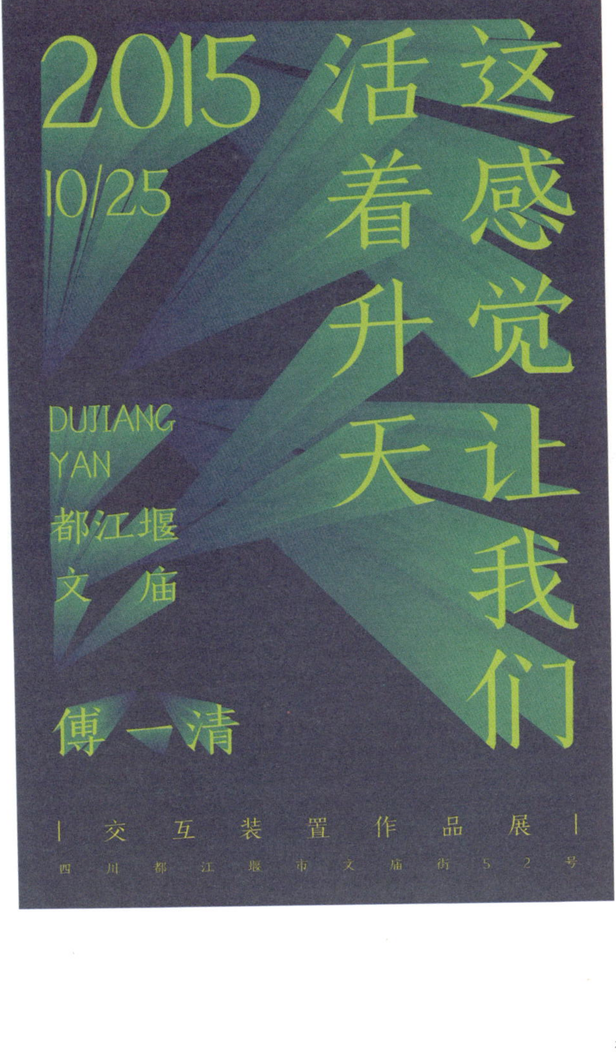
2015
10/25
这感觉让我们
活着升天
DUJIANG
YAN
都江堰
文庙
傅一清
交互装置作品展
四川都江堰市文庙街52号

405 | 2015-10-09 11:27

《无，比影子更轻》：我的理想是／建一座五百层的舍利塔／里面空空如也／只放一颗／卵子——选自傅一清台湾诗集《这感觉让我们活着升天》

406 | 2015-10-12 21:38

调了两块颜色。

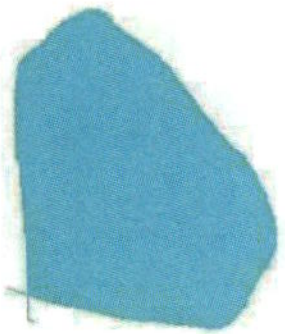

A08. | 2015-10-10

《清平乐》

——傅一清答网易记者问

傅一清的身份很多变，从投资家到诗人、作家再到艺术家，每一次的转变是一场预谋还是一场邂逅呢？

答：一任清风送白云。

博尔赫斯说："我写作，不是为了名声，也不是为了特定的读者，我写作是为了光阴流逝使我心安。"那么，傅一清写作是为了什么呢？

答：我想看看我的作品是不是比我的脾气还坏。

在如今，文艺和清新仿佛成为一种笑谈，作为一名女性诗人，对于这个现象，有何感触？

答：我还不能推算花瓣入土后的再生时间。

以傅一清为品牌的家居装置艺术展从展出以来，受到多方关注，对于品牌，您是如何理解的？

答：品牌是稳固而灵活的自我。

8月1日国贸举办的傅一清《物种起源》家居装置艺术展，其中有两幅作品因为种种原因无法展出，如何看待这个问题？

答：对不起，我没意识到你在睡觉。

经常可以听到傅一清谈艺术创作，那么傅一清的爱情观是怎样的呢？

答：我相信一见钟情，而且只相信一见钟情。

407 | *2015-10-12 22:26*

八大山人、莫兰迪都被抬得过高，这种性冷淡的风格早就该和无印良品一样被扔到妓院去。

408 | *2015-10-12 23:11*

博纳尔的色彩。

409 | 2015-10-13 14:17

一、人人都是艺术家。

二、人人都不是艺术家。

三、如果真的有艺术家，那么他们的精神战争终生将针对古人、前人、同代人，唉，真是不让别人也不让自己省心的家伙。

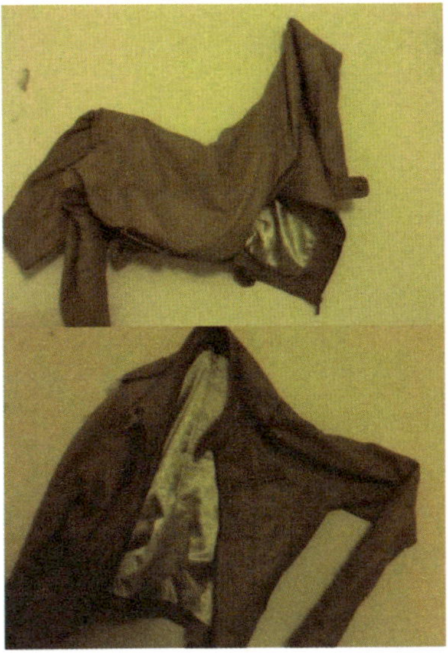

410 | 2015-10-16 11:00

如果公正是幻想，那么批评有什么用？

411 | 2015-10-16 17:05

整个秋天都在祷告，一餐只吃一片薄面包。

412 | *2015-10-17 09:43*

与《步天歌》的二次元重置。

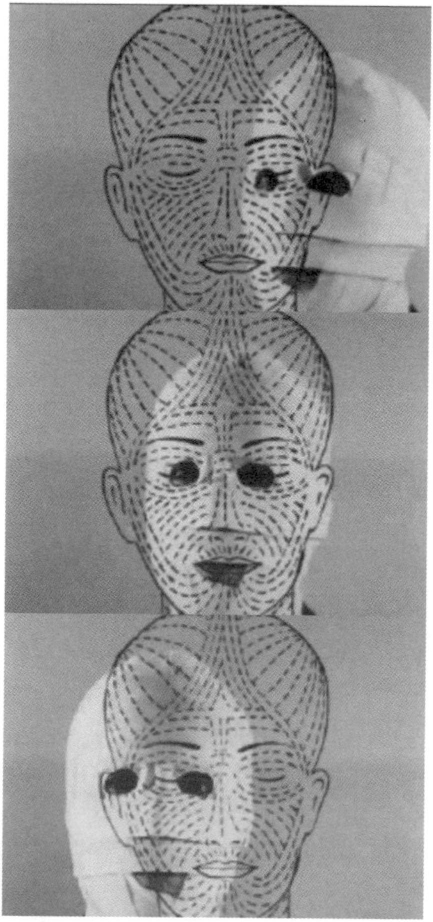

413 | *2015–10–18 10:09*

Da,da.

414 | *2015-10-18 17:17*

等人，无聊。我就把培根、毕加索、委拉士开兹的画褪去了色彩，发现它们之间的互文性依然震动人心，这里有一条线索，可以揭开人的虚假自信。

415 | 2015–10–19 12:30

我再次告诉他：有些人会有错觉，尤其是自以为干得好的，以为工资不是老板发给他的，而是消费者发给他的，错！消费者买东西，买的是产品本身，他可不是买劳动力，你工作再累再辛苦，只要产品不合他意，他就不会买。只有老板才会买劳动力，而先不管你的劳动成果最后有没有人要！

416 | 2015–10–24 11:27

双手结印，咒禁秘术。

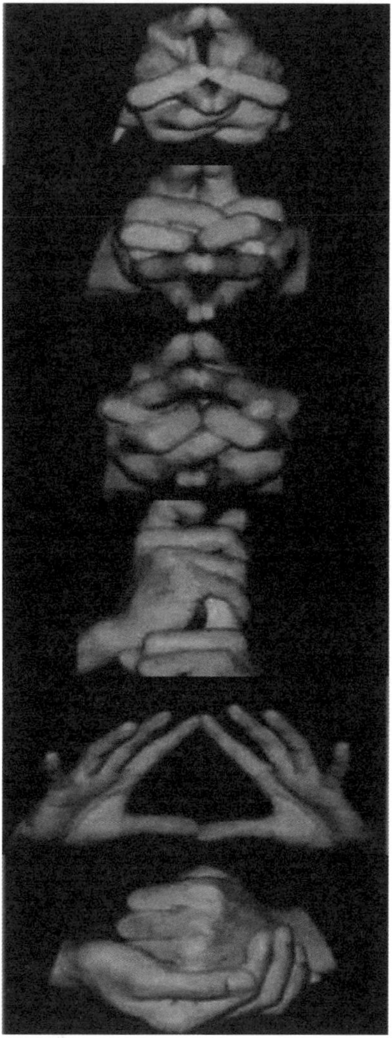

A09. | *2015–10–22*

傅一清谈交互装置：你才是发明史上最棒的遥控器

装置艺术自杜尚的现成品艺术不断演变而来，逐渐发展成为独立的艺术形态。艺术是伟大的游戏，游戏精神的实质就是以最大的付出换回最小的结果，所以游戏的主角只能是艺术家。从杜尚的“泉”、“*LHOOQ*”的心理暗示，到克莱因的“虚空”及阿尔曼的“充实”，这些装置艺术早期作品提供的参与方式大多是让观众去看、去听、各自感受，而不会让参与者改变它。后来，贪玩的艺术家们对光及反射的魔幻效果相当热衷，萨马拉斯的“镜屋”创造了一个无限、虚幻的三维空间，激光和全息技术开始被应用到作品中,观众通过操作光源或反面与装置进行互动。之后马勒尔的“前意识”，使电视和录像在装置艺术中崭露头角，直至柯瓦斯基的“互动场”和莫奔的“冻感——情感市场”，人机交互技术粉墨登场。

所谓的人机交互，是研究人与计算机如何进行通信及两者之间相互影响的技术。我在伦敦的街头曾看过 *women's Aid* 公益组织在户外安装了一个交互装置。当路人注视着海报上的女性时，海报上方的人脸识别装置识别到你的停留关注，女性脸上的瘀伤会慢慢愈合，越多人关注愈合越快，以此告诉人们关注家暴问题，多一份关注就少一份伤害

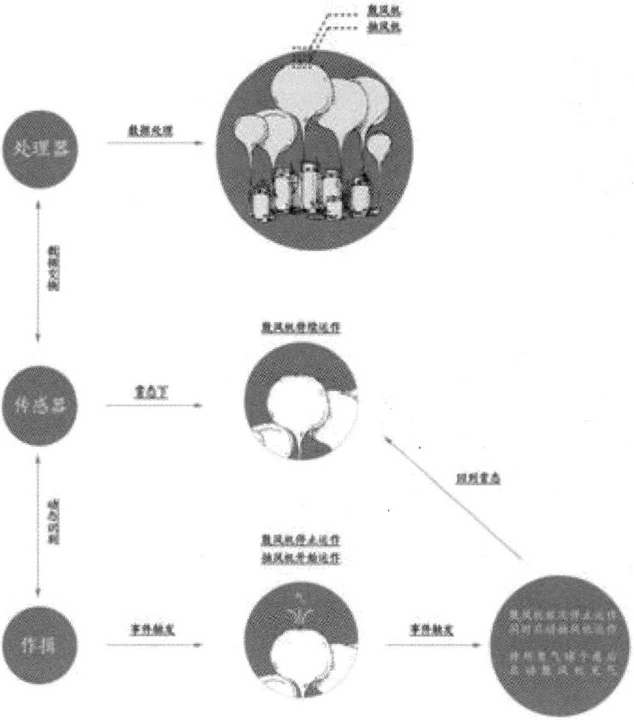

艺术与技术的融合给出了一个可以与我们现在的世界可堪比较的世界，这里有循环的世界和世界观，而这又是通过变易和不易的思想来搭建的，帮助眼睛成为思想的一部分。技术是个好东西，看好东西有两个任务：一、先知道有这么回事二、然后知道拿它干什么。当代艺术已成为一种方法论，是对现实和社会的介入方式，怎样从人理解技术到让技术理解人是完成这种方式的重要手段。

人机交互研究已经历了两个界限分别的时代，从初期的人脸识别发展到手势识别。应用程序识别动作的精确程度与人的姿势的正确度有关，此中技巧就是对于某一手势，让尽可能多的人来做，然后试图标准化这

《这感觉让我们活着升天》

一手势。成功的手势识别，就是要理解人类动作的微妙之处，并且让技术了解这些不同。最新的手势识别系统通过骨骼捕捉技术，已能识别人的 25 个关节。

我的交互装置作品《这感觉让我们活着升天》就是对手势识别技术的一次尝试，这个作品展示于都江堰文庙。我设置了蜡烛、箭、煤气罐、汽球。煤气罐的开关用孔子的头像制成，通过观众的作揖动作，程序设置令汽球随之充满或瘪落。

系统分三部分，第一部分是 Kinect 传感器获取数据，第二部分 PC 进行数据处理，最后一部分是以 arduino 为核心的单片机控制器控制风机，其中 PC 与 arduino 之间是通过以太网 TCP 方式进行通讯，Kinect 与 PC 是通过 USB3.0 进行数据交换，由此实现了完全实时的体感系统。

用自己的动作与机器对话，你变成了你自己的遥控器，虽然这件事可能还没来得及让你理解。

《这感觉让我们活着升天》

A10. | 2015-10-23

傅一清谈公共艺术：希望我拿枪的样子自然

人的原罪之一就是人的出离，蛇用禁果摆布了自我意识之后，人离开了家，就像被剥成了裸体，一个残忍的思考是，被他剥去的东西都是什么？人的个体性是有限的、短暂的、残缺的、脆弱的、贪婪的，出离先天的情绪里就含有一种有关乌托邦的创伤，一种浮来暂去的尴尬，一种超级的坐立不安。无可否认，这也是一个独具特殊能量的阶段，但它与公共性的相互供养过程，是如此的颠簸，这种再生的重构和在现实中的补遗，细微到每个颤动。个体与母体间的世界总是在寻找不同的方式来重复同样的过程和不相同的自己，以重新回到整体性之中，回到元气流沛的存在本身之中，庄子说："物我两忘。"朱熹说："理一分殊。"基督说："上帝的国。"里尔克说："敞开者。"蒂利希说："绝对信仰。"冯友兰说："东西融摄。"方东美说："浩然同流。"

历史，浪涛般将在场和不在场的事物铸成秩序，公共艺术作为共生关系的一种集成者，它具有世界性的光芒四射的难题性，呈现了活生生的前沿上的难题，多么美好的天命！为了表达暂时性的路线图，我创作了公共交互装置作品《这感觉让我们活着升天》。在二十一世纪的中国，我一直在寻找新东西，这可能是种小国综合症，可只有不停歇的寻找，才能帮我理解——艺术或世界之美都是在"让爱被表达"的权利里找到根源。乔森纳说："艺术是一种语言，公共艺术就是公开演讲。"为一个普通物品赋予另一种归宿，它要求我们放弃一些概念，放弃概念所赋予的某种安全感。尼采著作中对都灵广场上的拱形建筑物和它们投下的长长的阴影这种幻景式场面的描写，曾给我留下极其深刻的印象，那是一种类似预言者的报酬，为了让更多的物体亲近地面，水平地延伸，水平地存在。“鸡为什么要过马路？为了走到另一边。”安德烈的幽默让人联想到世界是个堆满意象的垃圾场。“我理想的雕塑作品是一条道路。”这种心理上的完形渴望即是对一个结构的天然的整体感。

回望中国当代公共艺术的状况则让人有难以直视之感。它是一扇门，这扇门似乎许诺了许多剧终的真相大白，但是却什么也没有来临。公众的愿望与公共艺术作品之间两者都在重复，倍增和分离。中国当代公共艺术的状态象一个九十岁的男人的性爱，这和用一根绳子打台球无异。公共空间已逐渐不再等待任何来访，它在门后和门外自己开放和关闭以安慰自己。它不再运动肌肉，但是以一种姿态警戒着，如僵尸一般，或为一种不同以往的死寂的症候，偶有闯入者，带来一丝微不足道的活力，但没有只言片语，莫名所以，令它产生了一种深重的怀疑，更成为一种症候的症候。

图片、手机、电影、电视、互联网已改变了我们的视觉观，一种沉思和行动的心潮，像野兽一样保卫艺术者自己的语境，一种不可能性包围中突然诞生的可能性，需要在公共艺术这个领域制造新的、完整的面具感。如同在绘画记忆与绘画遗忘的间隙中诞生了莫兰迪一样，最美妙的是这回忆中必然包含了有意识或无意识的遗忘，让所有的创作过程成为神奇的边境。所谓反叛、创新以及前卫，很多时候其实是从“反题”上继承传统，解决审美惰性的问题。当前的问题是如何在哲学与美学上寻求第二种自然，哲学要求简化，美学要求无意识地丰富层次，公共艺术要成为哲学和美学之上的驭手，而不是以前那种脑袋不在肩膀上，脖子也不在肩膀上的样子。它将试图对创新和生活有一种异常的爱，而这两者其实是一回事。并非为了呈现而呈现，而是必须呈现才呈现，这是做公共艺术作品者一项自我惩罚的标准，可又有几人能对此信守如一？

孟子说：“君子不成章不达。”我的公共艺术作品《这感觉让我们活着升天》期望既可以践行一种真正的公共艺术的物的美学，同时又是与物对立的精神物块。不仅是一个吸引了外界冲击和能量流动的有力量的身体，同时又是力求取消重量对轻灵有特殊爱好的形骸。希求摆脱那种在大众中高度符号化的情感反应，那些易得的感动，只是观者证明自己看过的安慰剂而已。

作为一名女性，我首次亮相了公共艺术作品《这感觉让我们活着升天》，我希望自己拿枪的样子自然，不会像大部分男人一样一拿起枪就模仿。这部作品将长久地展示于都江堰文庙，效果如何，永不可知，唯愿“情融乎内而深且长，景耀于外而远且大”。
山水有灵，当惊知己。

417 | *2015–11–02 15:04*

藏酒于玉垒山上，访酒暗号：一首杜甫关于玉垒山的诗。

418 | 2015-11-04 23:31

问：情怀癌谁能治？

419 | 2015-11-06 19:09

新达达拥抱了禅宗。

420 | *2015-11-08 20:58*

如果有能力逃离这淡淡的阴影中。

冬脉石

（之三）

421 | *2015-11-09 19:55*

面圣！

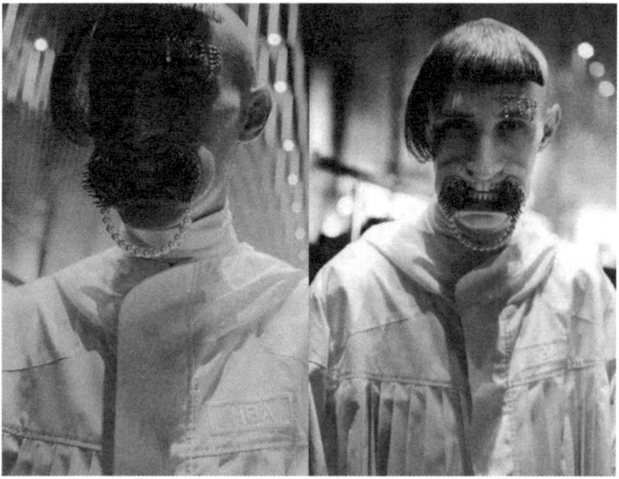

422 | *2015-11-09 21:28*

德·基里科在他生命的中段，趋于保守，写下《回到技艺》这样的部分正确，部分倒退的文章，这个事情我要记住！创造，创造，请你杀死我，否则你就是凶手。

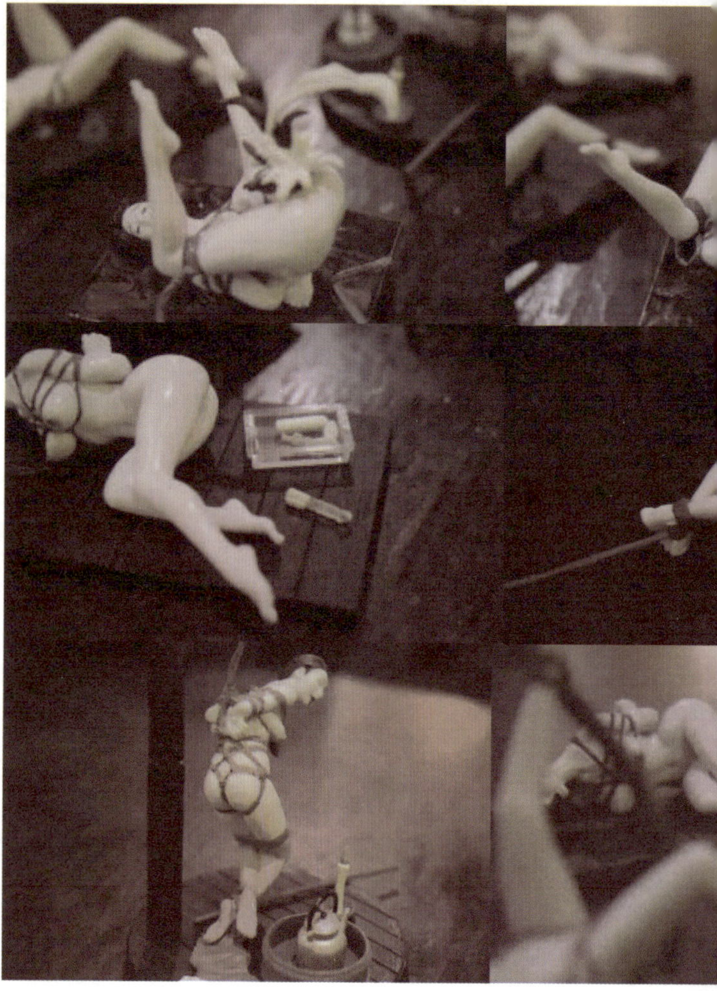

423 | *2015-11-10 21:44*

我也准备下单了。

424 | *2015–11–11 20:57*

426 | *2015–11–13 23:40*

舜华易谢，播馥扬芬：每晚用薏仁粉替代洗面奶洁面，月余，其面光洁如玉。入秋后的金针自度，小试初禅。

427 | 2015-11-14 20:00

特别喜欢自己的三个特点：

一、情绪不定但从不掩饰。

二、想做的事会坚持。

三、花钱如流水再加路痴。

428 | *2015-11-20 21:42*

台北夜雨，乱琼碎玉。

429 | *2015-11-21 15:05*

在高雄美术馆看蒋介石的五个时期。

430 | *2015-11-22 22:44*

垄上行，台湾，恰遇神明巡境：假面婆婆舞、大头娃娃跳神、天龙宫美女阵、靓仔轿夫、地府千岁、时尚铙钹、蜈蚣鼓阵、八家将、一切都为风调雨顺。

431 | *2015-11-25 19:29*

有自由，就有机会多上层楼。

432 | *2015-11-25 22:07*

从自由广场途经微风广场直到华纳威秀电影院重复地行走。

433 | *2015–11–27 20:35*

亲眼见到你。

434 | *2015-11-28 09:44*

最后十四堂星期六的课。

435 | *2015-11-30 13:09*

我对台湾时局的一点看法:【— —】、【*11*】、【*1+1*】、【=】【二】。

436 | *2015-12-01 13:51*

豪杰之士,不待文王而后兴。

437 | *2015-12-04 07:06*

“我们称之为宇宙诞生的东西,是宇宙失衡,一个宇宙大灾难,事物的存在源自一个错误。而且我甚至准备走到尽头,提出对此唯一的方式是:承担这个错误,并将它进行到底。我们给它一个名字:爱。难道,爱,不正是这种宇宙大失衡吗?我一向都对以下的想法感到厌烦:“我爱世界,普世的爱。”我说,我讨厌这个世界,我不知道如何形容……基本上我是介于“我憎恨世界”和“我没兴趣看这世界一眼”之间,但整个现实就是:它就是它,它是愚蠢的,它就在那里,我对它毫不关心。对我来说,爱是一种极端暴烈的行动,对我来说,爱并不是“我爱你们全部”,而是我从中选取某些东西然后这背后又是这种失衡结构,然后这东西只是一个渺小的细节,一个脆弱的人类个体,然后我说:“我爱你胜过一切!”在这个颇为正式的意义上,爱是邪恶的。”

440 | 2015–12–09 17:24

赚钱真的可以变出糖果吗？

439 | 2015–12–07 03:14

我分享了恐龙学唱歌。

438 | 2015–12–07 01:12

不该睡前偷服醒脑复神液 4 支，这是要活血到悲欣交集吗？

A11. | 2015–10–27

《良宵引》

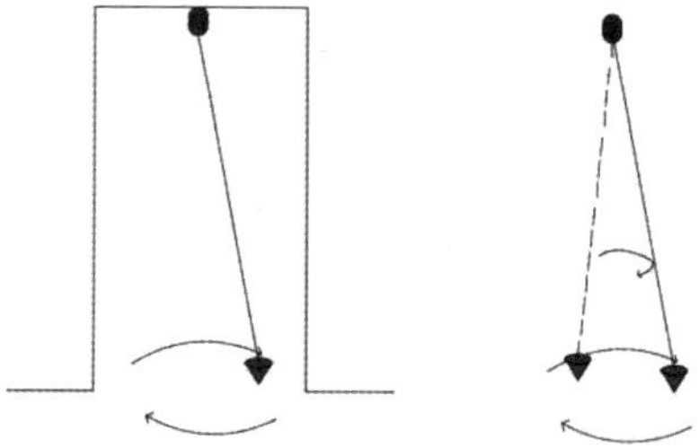

我搜集过一些帘子的图片。

但这不是我要的帘子。“此帘”非“彼帘”，装置作品体现观念是首位，作品要有独特的思想，这个思想是在做这个作品之前就要明确的。这些帘子缺乏概念性，或者说它太像帘子了，家居装置作品是对观念、材料、情感、场地的把握，如果作品简单、平面，会令观者无动于衷，只把它看做一个普通得有点好看的帘子而已。而我预想的帘子，简言之，要令观众有那种“难道这是个帘子？”的疑问。我思考了几个原点来处理这批帘子的作品：

1. 在一个追求快感的年代，已没有“灼热”这个词，因为它疼得太慢。

2. 弗洛斯特：革命只该进行一半，前面有意思、有活力，后面政治、功利的介入，光芒大减。

3. 后摇应该是最能给生命带来谎言感的音乐了。

4. 中国人现在面临的最大的问题是深刻的两难，肯定又否定，兴高采烈同时又随时准备败退。中国人的精神面临的已不是压抑，而是两难。

5. 他们仿佛是结伴而来的行者，遁入到艺术的空门中。

6. 习惯在各种场合假装高潮，会变成功能障碍。

7. 他做过一双鞋，自带 GPS，穿着的人不会迷路。

8. 墙是如此暴力的存在。

9. 绿色情色：身体的敏感与科学及环保有关的生活方式。

10. “嘿，什么情况？”“你是问在地球还是宇宙啊？”

11. 有人讨厌心理分析，觉得它将我们的无意识当成了命运。

我的思绪慢慢锁定在“后摇应该是最能给生命带来谎言感的音乐了”，便有了一个初步的想法。于是选了圆周率这首后摇音乐做分段结构，时长 8 分 07 秒，根据每个乐段的张力以及器乐分为 7 段。

但是后来确定这个作品主要是放在楼上的卧室区域，所以要解决作品运行中左右摇摆的问题，以免引起情绪的不平稳，而且左右摇摆会影响人的进出，便考虑将摇摆改为平行移动。

另外，后摇音乐常常有一种穿着黑衣消失在雨中，或慢慢下沉到海底的感觉，似会平添几分绝望，未必适合这件作品的概念。我就想在中国传统音乐里面搜索一首这样的曲目，偶然想到了《良宵引》这个曲子，此曲含缥缈凌云之致，起承转合，井井有条，清越和雅，有中正平和之感。它为《四库全书》所收唯一的明代琴谱，虞山琴派的代表曲目之一，该曲自隋代问世，于明代盛行于今。

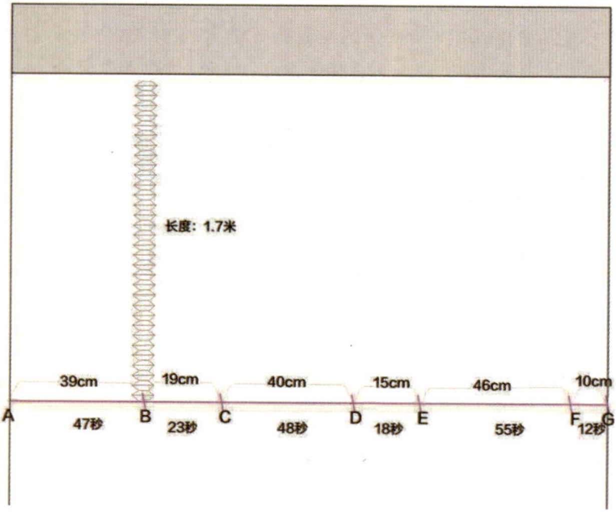

经过计算，整部作品 *3* 分 *23* 秒，加上停顿处共计 *3* 分 *37* 秒。

籁静窗虚，正姣姣月明当户，树色也扶疏，芳草王孙，浸满庭清露。这种宁静的完整性，令我联想到魏晋时期的无弦琴，静默也是音乐，甚至我们自己思想的噪音，也都是音乐声音装置。练习小提琴时有人提出一种“无声练琴法”，就是在脑海中想象自己左手持琴，右手握弓，在琴弦上渲绎美妙旋律的感觉。诸声皆可入乐，无声音乐由来已久。这部作品就是要在无声的情况下，遥想吴江枫落，楚岸霜横。在运行过程中，它只有丝丝震颤，而这也呼应了古琴“吟猱绰注”的技法，是否它也正好契合了法国诗人瓦莱里的一句话：“最深邃的，是表面的皮肤”？

《良宵引》

441 | *2015-12-09 11:27*

我的“帘子”系列作品之一:《孝贤》

442 | *2015-12-10 21:32*

慢一点啊，慢到可以反悔。

443 | *2015-12-10 03:03*

听坎切利的《哀歌》符合世界潮流得人心。

444 | *2015-12-11 14:42*

摆脱已知、导致面目全非的自修内容：不断失败史、颓废史、等待史、游牧史、漫游史、忧郁史、密谋叛乱史。还有你要当心那疲惫者！

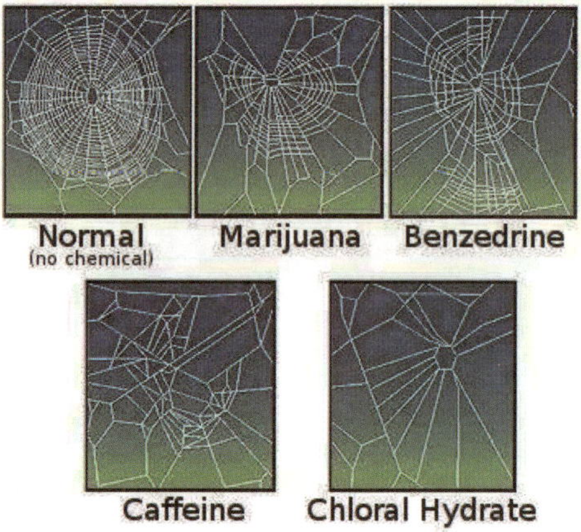
Normal
(no chemical)
Marijuana
Benzedrine
Caffeine
Chloral Hydrate

445 | 2015-12-12 19:36

蜘蛛吃药后结的网
北京在寒风中
感念寒风网开一面
亲你
蜜糖

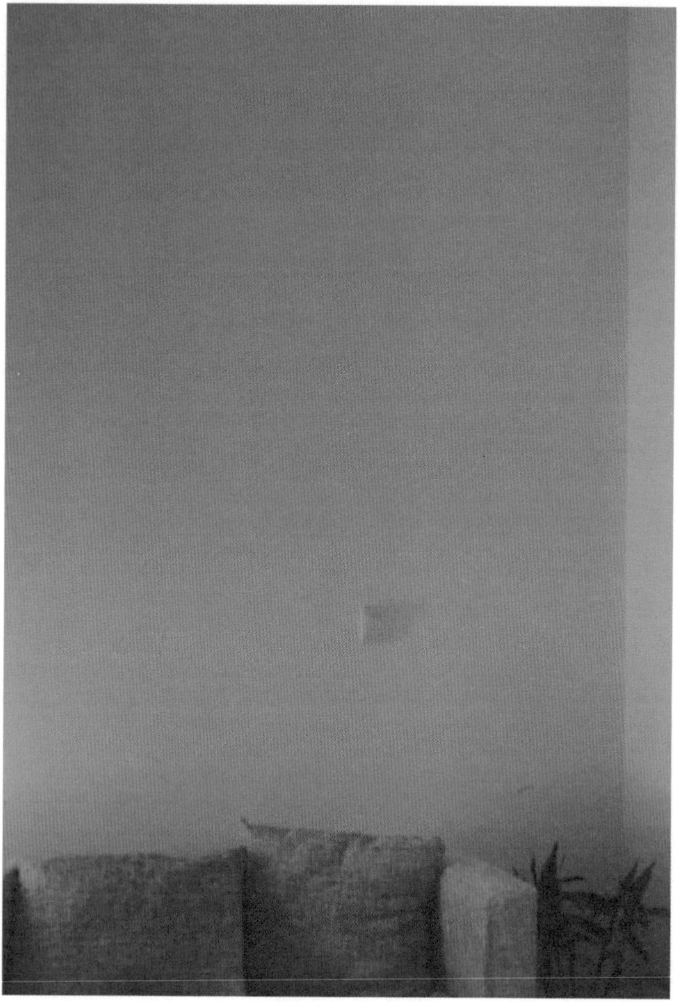

446 | *2015–12–13 14:51*

每次约会都选在粉色的地方。

447 | *2015–12–14 20:06*

这几天每天看一本童话，还进了几个中学生的群。

448 | 2015-12-15 08:00

我以女人内衣的形式做的“帘子”作品：《唔姣嘓个面皮巢》。（粤语：“十个女人九个姣，唔姣嘓个面皮巢”，即十个女人中至少有九个爱漂亮，不爱漂亮的那个是老太婆。）

449 | 2015-12-15 19:24

我的『帘子』系列作品之一：《神神叨叨》。（以红色麻丝带盛满荞麦，上书道教符号《上清灵宝大法》）

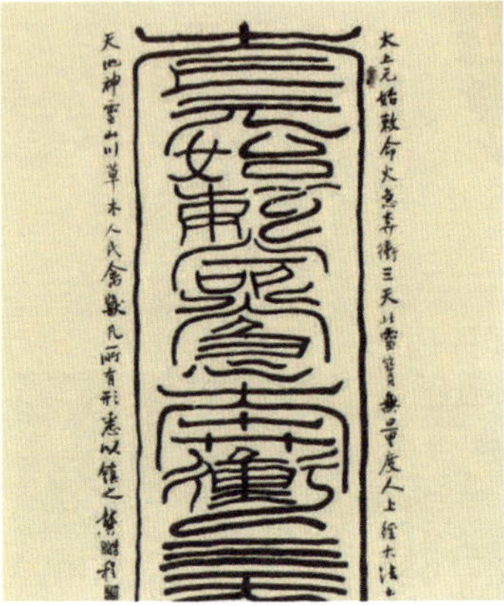

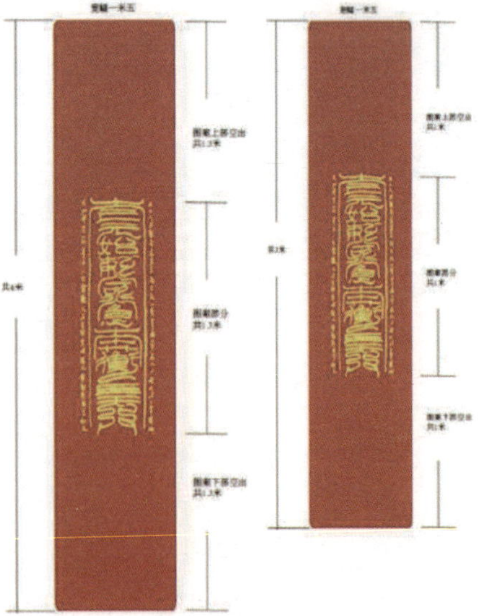

450 | 2015-12-21 21:49

韩国纸币上的人像，一千元是大儒李退溪、五千元是另一大儒李栗谷、一万元是李朝的世宗大王（因为他创立了韩国的文字）、五万元是李栗谷的母亲女书画家申师任堂。总之是在文化上有贡献的人，而非权势者，日本的情况也一样。

451 | *2015-12-22 22:28*

今日购得一韩纸所做的小箱，灯下赏玩。

452 | *2015-12-23 16:35*

可能我并不适合参加儒学营，几天下来有种先哭为敬的感觉。还有我天生就不能在任何一个集体中，否则就会气血两虚。再一想到上次回到妈妈家进门就想扭头离家出走——她把博纳尔的画册拿来垫、鞋、柜。唉，在我身边的人有多不容易！

453 | *2015-12-24 00:15*

那些抹着眼泪说“你变了，再见”的人也是自恋狂啊。

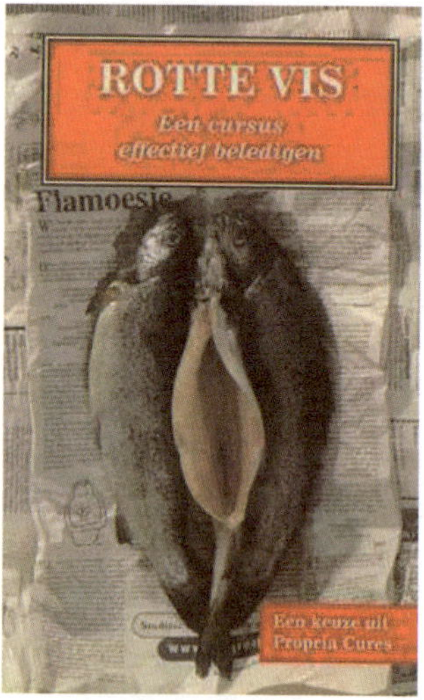

454 | *2015–12–27 16:17*

情诗与小情诗。

455 | 2015-12-27 21:46

雪后怀古：从绵羊的心脏挤点血液，再混合上伏特加喝下去，可以比较顺利地患上“萨满病”。

(satisfaction)

456 | 2015-12-30 18:56

卫生间里放个 *satisfaction*（满足）挺好玩的。

457 | *2015-12-31 23:34*

他被我灌了酒，已昏睡，我自己拖地玩儿，拖到 12 点。

458 | *2016-01-04 17:23*

给我的卵子放首歌听，赶紧好好排哦。

459 | 2016-01-06 10:18

因为要练习金属 *Headbanging* 而带上颈部固定器？

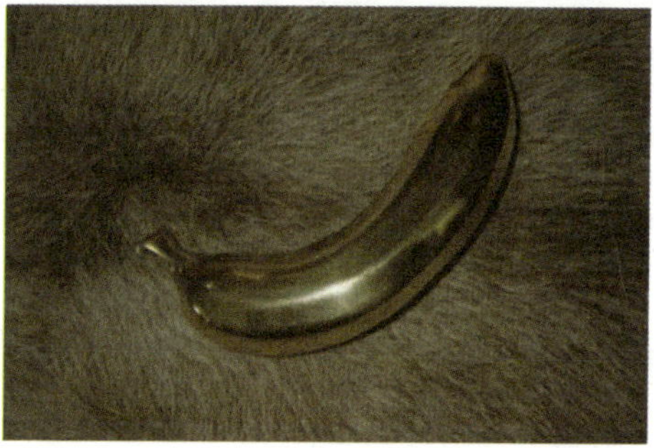

460 | *2016-01-07 10:31*

羞耻也好，长成大人也好，无关紧要的事全都丢开，这就是美学。

461 | *2016-01-08 15:24*

咖啡厅，我把德基里科的视野与郭熙的视野对质，再辅以魏尔伦的诗歌《三年以后》，盖因它们能够意境相连，在边界的陶醉里我不无失望地看了一眼服务生，我给自己点了七杯咖啡，他为什么要搬六把椅子来？

462 | *2016-01-09 09:21*

那些文章真是粘滞，情绪远远大于事件，爽利些！来来来，走一遭，行文当如少妇杀亲夫，又美又狠。

463 | 2016-01-10 14:07

艺术家是一条无能对任何事物忠诚的狗。

464 | *2016-01-11 23:25*

她的眼神是要逃避问题还是处理问理？逃避或处理，这大概是所有电影开拍之前要思考的问题，也是修女皮囊之下的忐忑，只有不可能做到的事情才值得去做，其他事情都没有意义，谁都能够以作品之姿与艺术道别离，那么，关于道别艺术，我们还有什么路？

465 | *2016–01–13 16:07*

太宰治和寺山修司都有股廉价的寿司的味道。

466 | *2016-01-13 17:06*

我们都有问题。

467 | 2016-01-13 20:13

每一个知识人需要思考的问题是：真的言论自由之后究竟会怎样？我的想法是：如果那一天真的到来，知识人的价值归零甚至是负数。民主其实主要是两个字：拜票。到时你比得过其他阶层的人吗？

468 | *2016-01-16 23:22*

七天七个主意。

469 | *2016–01–17 11:19*

政客都是屠夫，但他们在这个屠宰场中，就像身处教堂之中。

470 | *2016–01–18 12:47*

不要误以为我是个喜怒无常的人，我就是的。

471 | *2016-01-21 12:42*

中年夫妻还能不能一起走下去是由他们的政治观决定的。

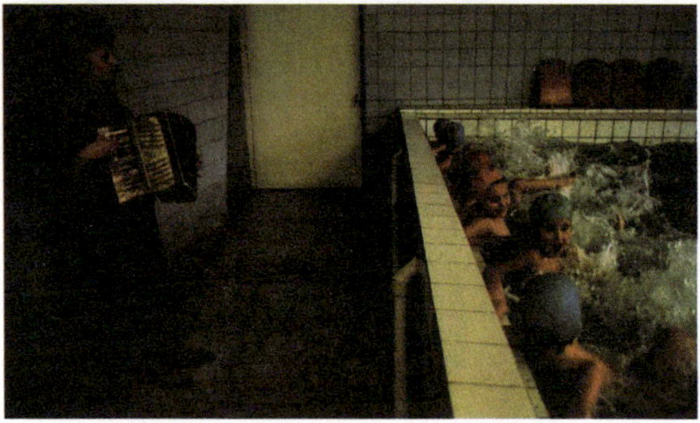

472 | 2016-01-25 4:39

今天有三个人说我头脑混乱，还不包括家里人，可我觉得我的脑子挺正常的。

473 | *2016-01-27 1:39*

继续半年多前的梦

474 | *2016-01-29 11:40*

就在此刻流光伤逝，要用烤牛心管抓住现实。

475 | *2016-01-29 16:32*

删了 632 个人，撕了 632 张纸，怎么说呢，我喜欢层次机制这个词，或者说我宁可不喜欢这个词！

476 | 2016-01-31 03:12

隔着水声听戏。

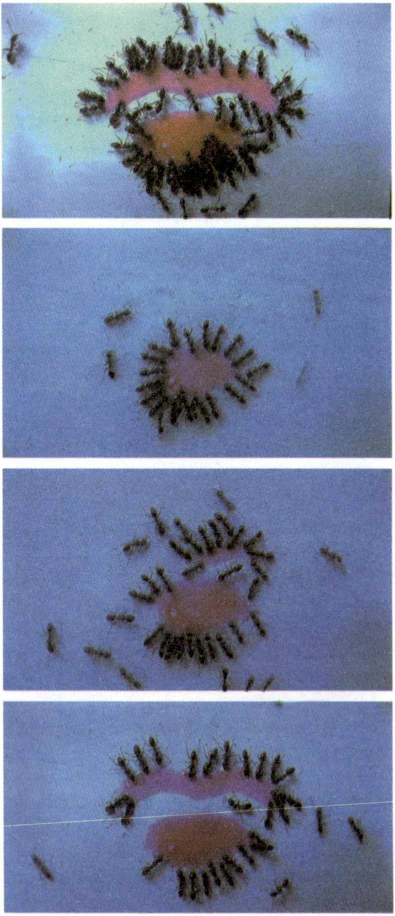

477 | *2016-02-01 01:17*

尝试写戏词：比喻、夸张、引用、复迭、借代、对偶、顶真、回环、重叠、起兴、连文，辞藻雅驯。再度体会程派《荒山泪》（夜织）一段词：到三更真个是月明人静，猛听得窗儿外似有人行，忙移步隔花荫留神觑定，原来是秋风起扫叶之声。

478 | *2016-02-01 18:20*

小数点以下为“十退位”，名称依次为分、厘、毫、丝、忽、微、纤、沙、尘、埃、渺、莫、模糊、逡巡、须臾、瞬息、弹指、刹那、六德、空虚、清静。

春脉弦

（之四）

479 | 2016-02-03 13:17

1934 年诗人瓦雷里为电视企业取了个名字，“感性现实家庭配送公司”，不过并没有被采用。

480 | *2016-02-08 13:19*

眨了 23 小时的眼睛，想到年岁既长，可以开始丢书了。

481 | *2016–02–14 13:53*

你会选择在情人节这天分手吗？很好玩哦。

482 | *2016-02-17 12:21*

喜欢你天生有一种伯牙摔琴式的高调。

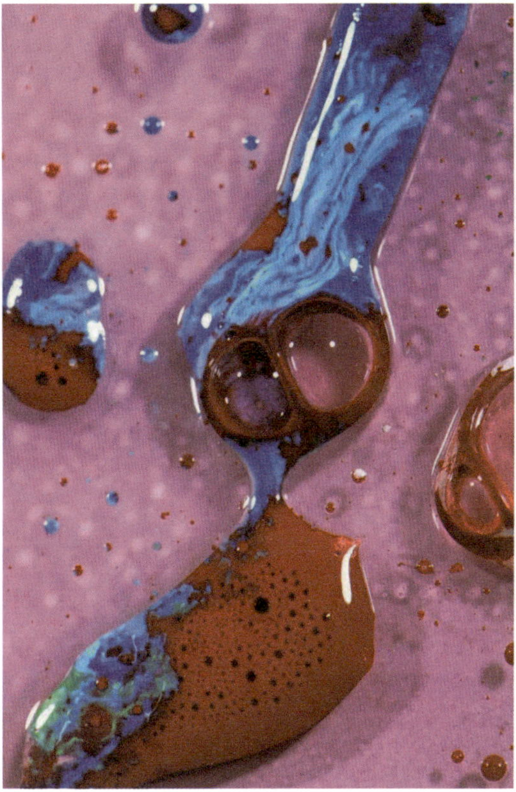

483 | *2016-02-19 03:12*

把自身设定为事物的意义与价值尺度，这始终还是人夸张的天真。不过我们身边的哪个男人不是用自我表扬的独白替代个体间的真正交流呢？哈哈。

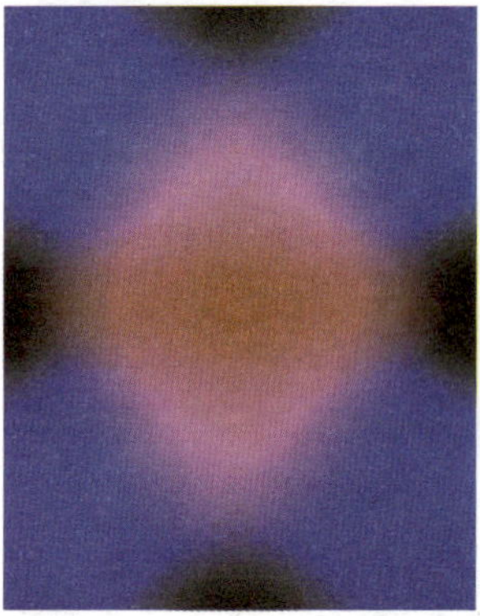

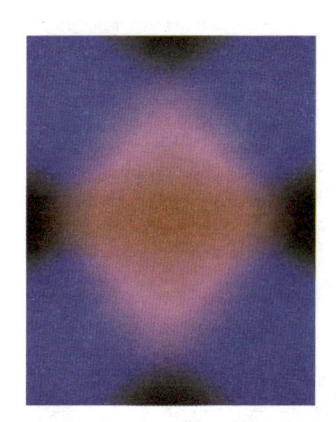

484 | *2016-02-21 15:53*

杜甫写完那首《近无李白消息》，就去埃塞俄比亚申请政治避难了。

485 | *2016-02-21 14:07*

我能一边战斗，一边发笑，所以特别适合争名逐利。

486 | *2016-02-25 12:35*

我和我的祖国走的是虐恋情深的路子，你在这个春天滑出的精子，暖暖地反对阐释，我该对身体说些什么？那么多交融于我！那么多离开于我！

487 | *2016-02-26 17:00*

竖折撇捺横竖横撇竖折横横。

488 | 2016-03-06 13:03

达达主义一百年零一个月多一天。

489 | *2016-03-07 01:17*

我已采到东西之蜜，请带我到金色蜂巢，雌雄同体？不，我要单性繁殖。

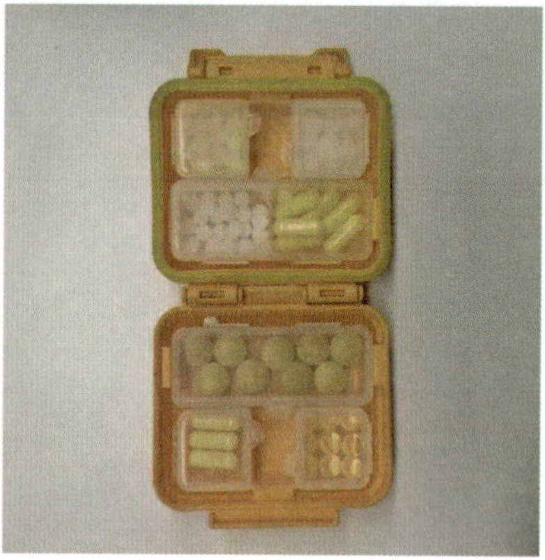

490 | *2016-03-8 04:00*

他只有在夜里短暂地哭过两次。

491 | *2016-03-08 06:21*

《观看时成为第一个看到你所看到的人》

492 | 2016-03-15 07:51

太上感应篇。

493 | 2016-03-16 16:13

预计今晚至明晚心情都会很烦躁，凡欲请我吃饭者一律视为绝交。

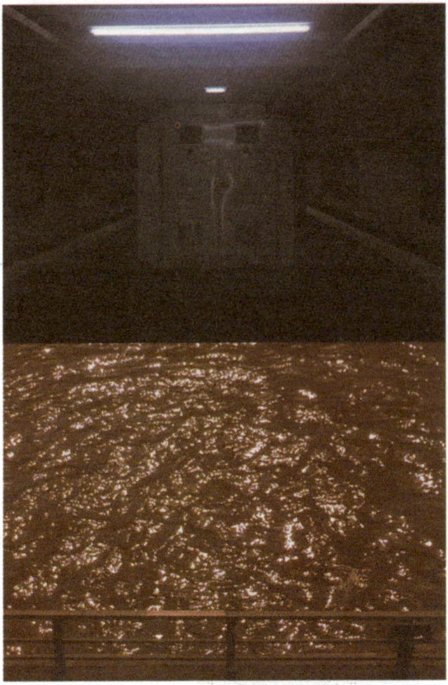

494 | *2016–03–20 19:18*

喝酒之前一般我只看后脑长着嘴的恐怖片，锯开后脑那种都留着酒后看，反正我喝酒之后不会像很多男人那样说车轱辘话，指点江山，吹牛，比如苏东坡，比如毛老，比如中国的摇滚乐手。

495 | *2016–03–22 18:24*

谁不是在为辞典工作？

图书在版编目（CIP）数据

万物有灵应识我／傅一清著．—北京：新星出版社，2016.6

ISBN 978-7-5133-2159-4

Ⅰ.①万… Ⅱ.①傅… Ⅲ.①散文集－中国－当代 Ⅳ.①I267

中国版本图书馆CIP数据核字（2016）第106133号

万物有灵应识我

傅一清 著

责任编辑：简以宁 冯文丹
责任印制：李珊珊
封面设计：园 里

出版发行：新星出版社
出 版 人：谢 刚
社　　址：北京市西城区车公庄大街丙3号楼100044
网　　址：www.newstarpress.com
电　　话：010—88310888
传　　真：010—65270449
法律顾问：北京市大成律师事务所

读者服务：010—88310811service@newstarpress.com
邮购地址：北京市西城区车公庄大街丙3号楼100044

印　　刷：北京松源印刷有限公司
开　　本：787mm × 1092mm　　1/32
印　　张：12.75
字　　数：150千字
版　　次：2016年6月第一版　2016年6月第一次印刷
书　　号：ISBN 978-7-5133-2159-4
定　　价：68.00元
